天才

石原慎太郎

幻冬舎

天才

装幀　平川　彰（幻冬舎デザイン室）
カバー写真　文藝春秋

俺はいつか必ず故郷から東京に出てこの身を立てるつもりでいた。生まれた故郷が嫌いという訳でも、家が貧しかったからという訳でも決してない。いやむしろ故郷にはいろいろな愛着があった。

しかし俺の父親というのが博労《ばくろう》でともかく馬好きの道楽者で、道楽の極みで北海道の月寒《つきさむ》に大牧場を持つのが夢となって、ある時オランダから種牛のホルスタインの輸入を企てた。ホルスタインというのは高価な牛で、当時米が一俵六、七円の頃、一頭一万五千円もするしろものだった。三頭の内二頭は月寒に送り一頭は新潟に置いて乳牛に仕立てるつもりだったらしいが、手持ちの山林を売り払い身上はたいての計画はもろくも頓挫して、横浜に荷揚げされた高価な牛は新潟まで運ばれてくる途中、暑さと疲労の揚げ句に死んでしまい、かろうじて生き残った一頭も大八車から庭先に降ろされたが、駆け付けてきた獣医の手当ても空しく死んでしまった。我が家はそれから傾いていき、親父の道楽もそれで止《や》むことはなく、持っていた競走馬に執着し、その馬が競馬に出る時は馬につきそって年中家を空ける始末だった。

そんな中で、俺は二歳の時、重いジフテリアにかかり高熱を出して危うく死ぬところだった。そしてその後遺症でドモリになってしまった。そのせいですっかり内気になってしまって、家にとじこもりがちになり、外に出てもそのせいでよく苛められ、その度相手になぐりかかったりして弱いくせに手は早かった。
近くに親父の妹の嫁いだ家があり、そこに一つ年下の従弟《いとこ》がいたが、その子にはよく当たり散らしたもので、後年いつまでも彼には恨まれたものだった。

ドモリには苦労したが、ある時あることがきっかけでこれが治った。あるきっかけでドモリについて悟らされたのだ。学校でドモリのせいで年上の仲間たちから苛めに遭い、その腹いせに、母親からいわれて帰りがけに買い求めた電球を、道の途中で苛めた奴らについてわめきちらしながら道脇の立ち木に向かって叩きつけて割ってしまった。その時、一人大声で叫んでぶつけたのだが、怒りにまかせた掛け声が自然に出て自覚させられたのだ。

そう思って自分を分析してみれば、不思議なことに寝言や歌を歌う時、妹や年下の相手と話す時にはドモリはしない。いくら矯正法の本を読んでも一向に効き目はなかったが、俺はドモリではないんだと自らに言い聞かせ、山の奥に行っては大声で叫ぶ練習をすることにしたのだ。

俺がドモリを完全に治したきっかけは、その年の学芸会で先生に頼み込んで出し物の『勧進帳』の弁慶をやらせてもらったことだった。級長の俺の頼みに先生は俺のドモリを心配してむしろ舞台監督をやったらといったのだが、舞台では絶対にドモリはしないからと必死に頼み込んで大役をふってもらった。

学芸会の当日、金剛杖を突いて山伏姿の俺が登場したら、仲間たちはドモリの俺がどんなヘマをやるかと固唾を呑んで眺めていたろうが、案に相違して俺が大音声《だいおんじょう》で「お急ぎ候うほどにこれは早、安宅《あたか》の関にお着

き候」と切り出したものだから、皆は度肝を抜かれて水を打ったように

しーんとなってしまったものだった。終わったら大喝采だった。

実はこの成功のために根回しをしておいたのだ。一つには節をつけて歌うように口上をしゃべったことと、劇に伴奏音楽をつけて芝居の展開がリズムに乗るようにしておいたことだった。この成功は俺のドモリの克服に決定的な引き金となった。それで俺が幼いなりに悟ったというか、これからの人生のために体得したことは、何事にも事前のしかけというか根回しのようなものが必要ということだった。

俺が六年生の頃、親父は二、三頭の馬を持ってあちこちの地方競馬を回って滅多に家に戻ることがなかった。たまには勝つこともあったようだが、結果は家の身上を減らす一方で、ある時、新潟の競馬で勝つつもりでいたところ本命だった馬がレースの最中に怪我をしてしまい、親父

から家に電報で至急に五、六十円の金を送れといってきた。

にわかにそんな大金をつくる当てもなく親戚の富裕な材木屋に借金を申し込むことになった。この家の娘をゆくゆく俺の嫁にという親たちの腹づもりがあったらしい、親しい仲の相手だった。

母親はそんな相手の家に息子を借金に出向かせるのを嫌って嘆いていたが、俺としては親父の苦境を察して出かけていった。相手の主人はそれでも何とか肯《がえ》んじてはくれたが、

「お前の親父も金の算段の後先も考えずに駄目な男だなあ」

吐き出すようにいったものだった。その言葉の印象が何故か俺の胸に強く響いた。金の貸し借りというものが人間の運命を変える、だけではなしに、人間の値打ちまで決めかねないということをその時悟らされたような気がした。

以来、俺は人から借金を申し込まれたら、出来ないと思った時はきっぱりと断る、貸す時は渡す金は返ってこなくてもいいという気持ちで何もいわずに渡すことにしてきた。その流儀は今でも変わりはしない。手元を離れた金はもう一切俺には関わりないということだ。

借りた金を親父にすぐに届けるために汽車に乗り、競馬場のある町の駅に向かった。頃は田植えの時期で、列車の窓からうちの家の田圃《たんぼ》で田植えをする母親の姿が見えた。俺は窓から身をのりだし声を張り上げて母親に向かって手を振り、母も応えて手を振ってくれた。その時俺は考えたのだ。俺は今六十円という大金を持って親父の道楽の後始末のために競馬場に届けにいくが、あの母親があぁして田圃で働いて手にする金は一体いくらなのだろうか。俺が今親父に届けるために懐にしている金はその何百倍にもなるものなのだろうと。

だからその日、俺は親父に運んだ金を渡すなり何もいわずに次の汽車に飛び乗って母親の待つ家に真っ直ぐに帰ってきた。

あの経験は俺がこの世の中を徘徊《はいかい》し、人間を左右する金という化け物について、初めてしみじみ感じ考えさせられたきっかけだった。

後年、俺が上京する時、母親は三つのことをいってくれたものだった。「大酒は飲むな。馬は持つな。出来もしないことはいうな」と。その言葉は今でも忘れずにいる。

成績の良かった俺に先生は「お前なら五年修了でも中学には行けるぞ」とすすめてくれていたが、俺としては母親の苦労を思ったらとてもその気になれず小学校の高等科に進むことにした。そして卒業式には総代として答辞を読んだ。卒業後、普通なら何かの仕事をするべきところだが、両親は何故かすぐに働けとはいわなかった。

しばらくして親父にその訳を質《ただ》したら、

「俺はお前を大学にまでやりたかったのに、仕事がうまくいかずに出来なかった。そんなことでとてもすぐに働けとはいい出せなかったんだ」

とはいっていたが。後年、俺が一応の成功をした頃、誰かが母親に息子を何にしたかったかと質したら、

「実は越後線の駅員になってもらいたかった。あれは何よりも確かな仕事だからね」

といったそうな。

高等小学校を卒業した後、俺は何ヶ月かの間、中学の講義録を読みな

がら次に何をしようかと考えていた。その頃、世の中は不景気で、県は国の補助を得て救農土木工事を始めていたので、村の者の多くはトロッコやネコという手押し車で土や石を運ぶ仕事をしていた。それを眺めて俺もその気になり、母親に頼んで新しい地下足袋を買ってもらい、土方になって毎日朝から夕方までトロッコを押して暮らしていた。

しかしあれは実に得難い経験だった。何だろうと土方という、この世で一番末端の仕事をしている人間たちの力こそが、この世の中を結果として大きく変えていくのだという実感があった。それにしても男の稼ぎは一日七十五銭、女は五十銭。一月懸命に働いて俺の手にした金が二十円足らずで最後は腹がたち、土方はやめたと決心した。

その翌日から働き者の俺が出てこないので請負の業者がやってきて、賃金を割り増しするから是非続けてくれと頼まれたが体《てい》よくことわった。

その頃、柏崎に県の土木派遣所があり職員を一人募集していた。俺は村の役場の職員をしていた親戚の者にすすめられて応募してみた。すると一月足らずして思いがけず採用の通知がきたのだ。

驚いたのは村の土木工事をしていた業者の監督たちだった。今までトロッコを押していた若造が工事現場の監督になってしまったのだから、立場ががらりと変わっての平身低頭となった。

その時俺が悟ったのはこの世の中の仕組みなるものについてだった。金も含めて、この世をすべてしきっているのは、大なり小なりお上、役人たちがつくっている縦の仕組みなのだ。ならばそれを自在に使う立場の人間とは一体誰なのだということだった。その時の認識というか、一種の目覚めこそがそれからの俺の出発点となったと思う。

故郷の村を出て柏崎の土木派遣所に身を移し東京に出るまでの小一年、役所の建物の一室で自炊しながら一人暮らしをして過ごした。柏崎での一人暮らしにはいろいろな思い出がある。

俺にとって生まれて初めての恋、とまではいかぬが、異性への思慕といおうか、友情を超えた気持ちを抱かせてくれた相手が出来たのだ。その頃の柏崎には電話の数も少なくて、俺のいる派遣所の電話が一番、警察が二番、役場が三番、四番が税務署といったところで、仕事上、一番と三番の連絡の行き来は頻繁だった。三番の交換手は声の綺麗な人で、名前も聞かぬ内に彼女のことを「三番クン」と呼ぶようになったものだが、彼女は俺より三つ年上で電話でのてきぱきしたやりとりの通り勝ち気で利口な人だった。そんなことで土地の映画館に評判の映画がかかっていた時、一緒に出かけたことまであった。

人はあまり知るまいが、俺は無類の映画好きだった。多分その訳は俺の人生というのがいかにも波乱万丈だったからに違いない。思い返してみると人間の人生の不思議さのようなものを感じてならない。他人には分かるまいが、だから俺は無類の人間好きというか、人間の生き様にしきりに興味がある。といって、相手のそれについてあれこれ詮索して尋ねる訳にもいくまいし小説を読みふけるほどの時間もないし、一番てっとり早いのが映画でそれを見るのが楽しかった。それも日本の映画だと湿っぽかったり暗かったりするので、やはり外国のものの方が話が意外なものだったりテンポも早かったりして、いろいろ刺激になったものだった。

だから後年、要職にある時も人目を忍んで評判の映画を見にもいったものだ。
そんなことで、俺が講義録で勉強していたり、いつかは東京に出て頑張るつもりでいることを知っていた彼女は、「東京でのあなたの成功を神様に祈っていてあげる」とまでいってくれていたものだった。

しばらくしてある人の推輓《すいばん》を受けて、俺が日本が生んだ大立者で理化学研究所の所長で子爵の大河内（正敏）先生の家に書生として住み込んで学校に通えることになり、役所関係の多くの人に見送られ柏崎を発つ時、駅に電話の三番クンの姿だけが見えないのに、ふともの寂しい思いをしたものだったが、何と鈍行の汽車が次の駅で止まった時、ホームにぽつんと彼女が目立たぬように一人で立って見送りにきていてくれたのが何とも嬉しい思い出となった。

こと女に関しては、俺はその後あまり胸を張ってはいえぬ所業を重ねてきたものだが、あれは俺の人生での異性にまつわる最初で一番清らかな思い出だったと思う。

ところが、いうと聞くとは大違いというか、広い大河内邸を訪れてみたら年配の女中が出てきて、「殿様はこのお屋敷ではどなたにもお会いになることはありません」から理研の方へ行けとの門前払いで、二度と開くことのなさそうな玄関の格子戸の前で立ちつくしていたが、行く当てもなしに雪の中をとぼとぼ歩きだし、「東京というのは大変なところだな」と一人つぶやいたのを今でも覚えている。その内に思いを変えて、大河内の殿様にすがるよりも、と、かねてよりの知己で同県人の井上工業の支店長に苦境をうったえ救いを求めたものだったが、有り難いことに救いの神もあって、井上工業の支店の小僧として住み込みで働けることになった。

土建会社の小僧になったこともあり、神田の私立中央工学校の土木科に入学することにした。当時の生活状況は朝五時に起き上がり六時までに店の掃除を済ませて工事現場に駆け付け、五時まではみっちり仕事をして、その後、六時の学校の始業に間に合うように自転車を飛ばして駆け付けるといった体のものだった。

そんな生活も故郷での母親の仕事ぶりに比べれば、さしたる苦労には感じられはしなかった。

そんな生活ぶりの中で一度だけ危うく命拾いをしたことがある。学士会館の横から急いで飛び出し市電の軌道を横切ろうとした時、走ってきた市電にはね飛ばされたのだが、電車の正面にとりつけられている金網にひっかかり十メートルほど引きずられただけで轢《ひ》き殺されずにすんだ。驚いた運転手が降りてきて何か怒鳴りつけてきたが、こちらは歪んだ自転車とすりむけた腕のことで頭がいっぱいで現場から逃げ離れるのに精一杯だった。ただ人間というのは不思議なもので、リームの曲がった自転車を懸命に押して神保町の交差点に向かいながら、横手にあった救世軍の看板だけが妙に印象的に目に映ったのをおぼえている。

あれは何といおうか、俺の貧しく惨めな青春を象徴する断片の、強い印象といえるのかもしれない。

昭和十三年に俺は故郷の柏崎で徴兵検査を受け甲種合格となり、生い立ちからして馬に慣れているだろうということで騎兵科に回され、その暮れに入隊通知を受けた。そのために急遽、事務所兼住家にしていたアパートを畳まなくてはならなくなり、荷物の引き揚げに姉のフジエが上京してきてくれた。姉は、身の回りの世話のために同居していた女性がいるのに驚いて、いかにも不快そうで、引き揚げまでの二、三日の間泊まっていったが、その間、俺と件《くだん》の女の間に割り込んで布団を敷いて過ごしたのにはまいった。考えてみるとあれは、その後の俺の人生につきまとった何人かの女たちと俺との、まあ、あまりまともとはいえそうにない関わりを暗示、表象する出来事といえたのかもしれない。

生まれて初めて体験する軍隊での生活はろくなものではなかった。行き先は満州で、配属された部隊の班長に身体検査を受けた時、空の財布の中に入れておいた写真を見咎《みとが》められ、これは誰だと質《ただ》されたので「私の好きなタイプの女です」と答えたら、「何故こんなものを持っている」とさらに聞かれたので「こんな女を将来女房にしたいと思っていました」と答えた途端いきなり殴り倒された。持っていた写真は当時有名なアメリカ映画『オーケストラの少女』の主演女優ディアナ・ダービンだったのだが。

ノモンハンでの戦闘が始まり戦局が傾きかけた頃、俺は兵営内の酒保勤務に回され得難い経験をさせられたものだった。軍隊の酒保の、備蓄の食糧の管理は杜撰《ずさん》なもので、兵隊たちはそれをよく知っていて夜半闇にまぎれて食べ物や酒を盗みにやってくる。張り番をしている俺もそれを察知してその度誰何《すいか》しては銃剣を突きつけてはみせるが、にやにや笑って大方は見逃してやったものだった。

そんなことで仲間内ではいい人間関係が出来てもいった。つまり人の世の中での賄賂《わいろ》なるものの効用の原理を悟らされたということだ。それはその後の俺の人生の歩みの中で、かなりの効用をもたらしてくれたといえそうだ。

その後、俺は肋膜《ろくまく》炎と肺炎を併発し本国に送還されることになった。帰国した後も悪い風邪をひいてしまい高熱を出して生死の境をさまよったが、入院中に妹が急死したとの知らせを受け、凄いショックを受けた。それを境に病の高熱は奇蹟みたいに引いていき退院できた。あれは妹が彼女の命と引き換えに俺を救ってくれたものと今でも信じている。

重い病の末に除隊となった俺は東京に戻り、飯田橋の近くに家を借りて建築の設計や機械基礎の計算、建築工事の請負などの仕事を始め、もの凄く忙しい毎日となった。軍隊にいた頃、早稲田大学の建築に関する専門講義録をとって隠れて勉強していた。それがばれてよく殴られもしたが、この今となるとそれが大層役にたってはくれた。

俺が事務所として借りた家の家主は、以前は内務省出入りの経歴を持つ土木建築業者で、彼が亡くなった後、仕事は閉鎖され、未亡人とその娘、さらに孫娘が身を寄せあってひっそりと暮らしていた。

おばあさんは亡くなった先代の後妻さんで、その一人娘は小柄で無口ながらよく働く気のつく人だった。

おばあさんの話だと娘さんは十年前に婿さんをもらって子供も出来たが、旦那と折り合いが悪く不縁となってしまい、可哀相なので早く婿をとるか嫁にやりたい、ということで、俺も傍《はた》から眺めていてとてもいい人となりの彼女に早く良い縁があればと思ってもいた。

その年の暮れに太平洋戦争が始まり、世の中は騒然としてきた。

俺にはかねて結婚するつもりでいた又従妹《またいとこ》がいたのだが、俺が兵隊時代に重病で入院しても見舞いにくることもなく、仕事を始めた東京に手伝いに出てくるように促してもいたのだが、どんなつもりでかその気配は一向になくこちらも業を煮やしていた。

そんな中で、忙しくしている俺に何かと細かい心くばりをしてくれるこの家の娘に好意以上のものを感じるようになっていた。

ある時おばあさんに、貴方の仕事の関わりの中で誰かいい人がいたら世話をしてほしいと頼まれたものだが、彼女はそれからも二度ほど見合いをしたがまとまらずにいたそうな。それを聞いて俺は、「ああこの人となら人生ともに過ごしていいな」と思ったものだった。

人間の縁というのは不思議なもので、その時までは彼女のために出来るだけ早く誰かいい相手を探してやりたいものだと思っていたこの自分が、彼女と一緒になるなどとは思ってもいなかったのに。

そして桃の節句に二人は結婚したのだ。

その夜、今まで俺に向かってほとんど何もいわずにただ尽くしてくれていた彼女から、三つのことをはっきりと約束させられたものだった。

彼女が俺の将来についてどう見立てていたのかは知らないが、一つには「決して出ていけとはいわないこと」、二つには以前彼女の身に何があったのかは知らぬが、「自分を足蹴《あしげ》にはしないこと」、三つには「将来あなたが成功をして世に出て、皇居の二重橋を渡るような日があったら必ず自分を一緒に連れて行くこと」。そしてそれ以外はどんなことにも耐えますからと。

俺としては当然彼女の手をとって握りしめ誓いをしたものだったが、今それを思い返すと、いささか忸怩《じくじ》たるものがないでもないが。

結婚して間もなく俺にとって初めての子供が生まれた。男の子だった。仕事の忙しい真っ最中だったが、生まれたばかりの赤ん坊を怖々抱き上げ俺はこれで何か大きなものに繫がったという強い実感を胸にしながら、何故か故郷の相変わらず馬道楽の親父とそれに耐えて頑張り通しているおふくろを思った。

しばらく離れたままでいるあの二人をなんで強く思い出したのかは分からない。とにかくあの二人がいてそのおかげで俺がいて、そしてまたここにこの子供がいるという強い人生の実感だった。それは同時に俺自身のこれからの人生の展望を予感させてもくれた。ようやく俺自身の仕事を構え、それも何とか軌道に乗り、こうして子供も出来、そしてこれから俺はどうする、何をどこまでやる、その気になればやれる、必ず出来る、してみせる、しなければこの俺ではないという思いで胸が果てしなくふくらみ、自分で自分を抑えられぬほどの将来への野心というか気負いがこみあげてきて、乱暴なほど赤ん坊に頬ずりしてやったものだった。

しかしその最初の子供、正法が五歳の時引いた風邪をこじらせ肺炎を起こして呆気なく亡くなってしまったのだ。最後の瞬間、俺がかけた声に応えるようににっこり笑ったが、次の瞬間その笑顔が蠟燭《ろうそく》の火が揺らいで消えるように寂しいものに変わり、そのまま泣き顔になって息を引きとってしまった。

あの頃はまだペニシリンなどありはしなくて、あってもとても手の届かぬものだったろうが、この今になればなるほど思い出す度、あの子には何もしてやれずに死なしてしまったような深い悔いがこみ上げてくる。

あの子があのまま育ってくれていたなら俺の人生も多分もっと違うものになっていたに違いないが。

親しい相手をこの世から失うというのはいつも辛いものだ。一体誰が何が人間の運命を決めて、その生と死を司るものかとつくづく思う。あの盟友だった大平（正芳）の急死にしてもそうだったが、天命に逆らえる人間というものは果たしているものであろうか。しかしなおこの世には諦めようとしても諦められぬものは沢山ありはするのだが。そしてこの俺も後にあることでそれをつくづく悟らされることになりはしたものだが。

家庭を持った俺はその年の三月に俺自身の店を出す決心をし、飯田橋近くの大通りに材木屋の店と倉庫を買い取って間口二十間の当時としてはかなり大構えの店を新築し、それをきっかけに急速に事業を拡大していった。

昭和十七、十八、十九の三年間は俺にとって画期的な年となった。第一に今までの個人企業を田中土建工業株式会社に変更し、年間の施工実績では全国の五十社の内に数えられるようにまで育てた。そして長男に次いで長女も生まれ二児の親ともなった。

戦争の敗色が濃くなりはじめた十九年には、軍の命令を受けて理研ピストンリングの会社を朝鮮の大田《テジョン》に移す仕事を請け負い、翌年、会社の幹部を伴って現地に赴く手筈となった。俺が請け負った仕事は、工事の総額費用だけでも当時の金で二千万円を超し、軍の計画予定だとこの大事業に所要の朝鮮在住の人夫の延べ人数は三十七万人というべらぼうなもので、当時の俺の若さで日本中であれだけの仕事をまかされた者は他にいはしなかったろう。

しかしこの大計画も敗戦で呆気なくご破算となってしまったが。

見切りをつけ最後の国旗掲揚をやった後、事務所の前に現地採用の職員を集めて、その日現在の俺の在朝鮮の全財産と工事材料や現地投資の一覧表を示して、それらの資産のすべてを新しい朝鮮に寄付すると宣言して壇から降りたものだった。


ある時、俺の会社の顧問だった大麻唯男《おおあさただお》さんに新橋の料亭に呼び出され、いきなり相談を受けた。

用件は占領軍は大日本政治会を解散させ、この暮れには衆議院も解散され間もなく選挙が行われる。それに備えて新しい政党である進歩党を結成したが、党首が決まらずに困っている。党首の候補は二人いて互いに譲らず、そのため選挙に備えて早急に三百万円をつくった者を党首にすることにしたが、自分の押している候補のためにその金を工面してくれまいかということで、俺は即座に快諾してやった。天下の政党がそれほどの金で出来るのかという気持ちだった。

そして、その俺に君もついでに一緒に立候補しないかという提案だった。しかし俺はにわかにそんな気にはなれず一応その場では断った。その後も進歩党の推進役の何人かから君も是非出馬しろというすすめがあり、一体いくらくらいの金がかかるものかと質したら、十五万円出して黙ってお神輿《みこし》に乗っていれば当選はするといわれ、ついその気になって政治家になる決心をしてしまった。

しかし最初の選挙は予想に反して地元の柏崎市から四人の乱立となり十一位での落選となった。しかし人生不思議で、それからわずか一年後にゼネストが引き金となり戦後二度目の総選挙が行われることになった。

今度こそは他人まかせの選挙ではなしに、選挙区の中に二つ会社の出張所を構え、前回のキャッチフレーズ「若き血の叫び」を掲げて自らの陣頭指揮で選挙区中を走り回った。

演説の内容は裏日本と呼ばれている日本海に面した雪国を表の日本にするために、三国峠をダイナマイトで吹っ飛ばせば越後に雪は降らない、そしてその土を日本海に運べば佐渡島と陸続きになる、これからは東京から新潟へ出稼ぎに来るようになるという、周りから見れば荒唐無稽な殺し文句だったろうが、俺には昔の体験を踏まえた確信のようなものがあった。

それは若い頃土方をして稼いでいた時、仲間内に面白い年寄りがいて、土方の仕事ほど人間社会にとって大切なものはないのだ、見てみろ、大西洋を太平洋に繋いだパナマ運河も、地中海をインド洋に繋いだスエズ運河もみんな人間の手足を使って出来上がったのだと嘯《うそぶ》いていたのがひどく印象的だったものだった。

選挙というのはそれを通じていろいろな人間に出会わせてくれるものだが、初めての選挙はある時思いがけない巡り合いをもたらしてくれた。柏崎での個人演説会の会場で、演壇のすぐ前にあの懐かしい三番クンが幼い子供を膝に抱いて座っているのに気づいた。二人の視線が出会った時、俺は思わず小さく頷き彼女もそれに応えて微笑み返してきた。演説の最中だったが、何か熱く痺れるようなものが俺の胸にきざしてきたものだった。

あの感慨は一体何だったのだろうか。あれは俺たち二人の間に過ぎて失われた時間への、突然だがしみじみした回帰の実感といえたろう。それはまだ三十前の歳でありながら俺自身の青春への、突然ながら妙にしみじみした甘い回想のときめきといえたのかもしれない。あの後、今までの長い人生の中で何をきっかけにしてでも、あの時のような一瞬だろうと痺れるような甘美な感傷を抱いたことはありはしなかった。つまり俺はまだいかにも若かったということだろうか。

あれから俺の人生には妻も含めてそれぞれ深く濃い関わりの女たちが現れはしたが、あの三番クンとの関わりは淡く透明なシャボン玉のように、いつまでも俺の人生の記憶の中に淡くはあっても時折妙にくっきりと浮び上がってくるのだが。

選挙戦をくたくたになって終え、投票日は夕方近くまで実家の居間で眠りこけていた。その俺を上の姉が突然揺すぶり起こし、「おいお前、当選したよっ、代議士さんになったんだよ」と告げてくれた。

思い返してみると選挙というのは不思議なもので、選挙を通じての人との出会いは並ならぬものがある。選挙区回りをしていた最中にある人に連れられて訪れたのが、後年切っても切れぬ仲となった佐藤昭（後に昭子と改名）の家だった。後に聞いたら、その日は彼女の母親の三回忌だったそうで、彼女は叔母とそのための打ち合わせをしていたそうな。俺を案内して回ってくれた人物の呼び掛けで近くの商店街の若者たちがその気になってくれた。応援演説の弁士を県立柏崎商業学校の弁論部の主将をしていたことのある彼女の婚約者が引き受けてくれ、当時の俺よりもむしろ演説の上手だった彼のおかげで随分助かったものだった。

家つき娘だった彼女は勝ち気できぱきした気性の女で、例の三番クンとの出会いの後、何ともいえない空しさを抱えていた俺の心に響くものが感じられたが、すでに婚約者もいるという相手に結局何することも出来ずに東京へ発ったものだった。

彼女はその後、東京の女子専門学校に合格して先生になるつもりで努力していたそうだが、たてつづけに家族が亡くなり天涯孤独の身となってしまった。実家には叔母が移り住み、彼女は近くの旅館に下宿しての一人住まいとなったが、旅館の息子の友達でよく遊びにきていた、俺の選挙の応援もしてくれていた文学青年と、彼女がまた東京に戻ることに強く反対していた母方の親戚たちの勧めもあって結婚してしまった。それを聞いて俺はなにがしかの祝いの金を送り、彼にはついでに俺の秘書にならぬかと誘ってみたが、当人は東京で一旗あげるためうちの土建会社の電気工事を請け負う会社をやりたいというので許してやった。
しかし彼女の夫の会社は朝鮮戦争のために物価が高騰して左前となり、彼女も夫の会社の会計事務を務めて苦労していたが、とうとう手形も落ちなくなって倒産に瀕してしまった。夫は彼女の実家を売って足しにしたいとまでいい出し、彼女は親戚中を頭を下げて回り何とか了承をとりつけようと努力したそうだが、そんな中で社員に忠告されて夫が水商売の女と出来て同棲しているのを知り、それをなじった彼女は暴力を振るわれ、相手に見切りをつけて離婚したそうな。

そんな彼女に三年ぶりに会ったのは奇しくも彼女の母親の祥月命日だった。選挙区で彼女の家が傾き売り払われて、彼女も離婚したらしいと聞かされてのことだった。

親と六人兄弟のすべてを亡くし、一人だけ取り残されたのに、彼女は相変わらず気丈で利発に見えた。

「姉さんたちは皆大した美人だったそうだが、まさに美人薄命だなあ。その点君はよかったなあ」

冗談にいってみせ、笑って頷く彼女に思い切って、

「どうだね、独り身になったのなら俺の秘書にならないか」

声をかけたのが俺たちの運命の岐路だったといえそうだ。


登院の日、俺は生まれて初めての国会議事堂なる建物に歩を踏み入れた。さすがの建物だった。玄関の横で係員から議員バッジを襟につけてもらい、これでこの俺も天下の代議士なる者になりおおせたという実感はあった。

時間の余裕もあり、好奇心で正面階段を上りつめた衆議院と昔の貴族院の境にある薄暗いがらんとした大きなホールを覗いてみた。部屋の隅の高い台の上に大きな銅像がそびえ立っていた。誰の像かと思って確かめたら、一人は伊藤博文、一人は大隈重信、そしてもう一人は板垣退助だった。そして四隅の一つの台座は空だった。何故ここが空なのか。この後、いつ誰がこの上に立つことになるのか。それが俺ではないということはまだ分かりはしまいと、不遜にも思って俺は空いている台座を眺めなおしたものだった。

その時、俺と同じくらいの年頃の新人らしい若い議員がホールに入ってきた。周りを何人かのカメラマンに囲まれ、彼はホールの中央に立って何やら大きな声で彼らに答えていた。

後で聞いたら俺と同年同月生まれの中曽根康弘という東大出の内務官

僚出身のエリートで、民主党の党首・芦田均を担いで反吉田（茂）陣営のホープだったそうな。この男とこの俺が後年どんな関わりを持つかは、その時とても知れたものではなかったが。

三十歳の時、代議士になりたての俺は第二次吉田内閣の法務政務次官に抜擢され就任した。これは周りが羨む人事だった。あの吉田がよくもまあ俺のような者に目をつけたと思う者も多かったろうが、俺は俺の勘で彼が俺みたいな人間に興味を抱いているのが分かっていた。彼みたいに生え抜きのエリートには俺のような人間は異端というよりも、むしろ物珍しい存在に映っていたに違いない。

ある時吉田が、若いくせにひどく背伸びしても見えたのだろう、党内での俺の発言を聞いて俺の歳を質した後、「君は自分の出生届を自分で出しにいったそうだね」と皮肉な冗談をいい周りを笑わせたことがあったが、俺がそれに答えて「あなたはどうしてそれを知っているんですか」と混ぜっ返したら、吉田がくわえていた葉巻を外しそうになって笑ったので、ああ俺はこの男の心をつかまえたなと思った。

進歩党が改組した民主党公認で当選してからおよそ一年間、民主自由党に合流するまでの俺は国会対策委員にされ、毎朝九時から国対の会議なるものに出席させられた。当時はまだ共産党も含めていくつかの会派があり、それぞれが互いに党利党略を構えて無意味な角逐を重ねていたものだが、その場に居つづけて俺が心得させられたものは、所詮この世は互いの利益の軋轢で、それを解決するのは結局互いの利益の確保、金次第ということだった。

それから俺がそんな場で痛感したのは、何か新しい法案について話し合う時、それに関わるだろう国民の立場への斟酌《しんしゃく》が彼らには全く欠けていることだった。俺はいつもその案件について最低の立場に置かれているだろう国民の立場を考えてものをいってきた。議員同士の議論の時、俺は昔土方をしてトロッコを押していた時のことを思い出してものをいってやった。そうした現実感覚に俺のような過去の体験を持たぬ者が太刀打ちできはしなかった。議論の中で俺は臆面もなく俺自身の過去、そうした最底辺の体験を披瀝《ひれき》して持説をいいたててやった。だから土方の体験のない奴等は到底俺のいい分には太刀打ちできはしなかった。それは官僚相手の議論の際にも同じことだった。

そんなことで初めの数年間、新しい法案作成に関して俺のいい分はほとんど周りを納得させてまかり通った。そしてそれからも同じ姿勢で俺は多くの新しい法案を持説を踏まえて改正して通したし、多くの法案を自前でつくり出しもした。議論の相手らに「あんたら土方をやって汗水たらしてトロッコ押したことがありますかね」という開き直りは、国会という世界では大層な効果があった。今振り返ってみると俺が若い頃発案し仕上げた新しい法案はざっと数えても二十はあるし、俺が手を加えたものはその倍では尽きはしまい。

こんな実績を踏まえて、俺は政治家としての実力を備えた、という自負以上の強い実感があった。

丁度その頃、造船疑獄なる大事件が発生した。疑獄という言葉の意味が分かるようでよく分からぬ俺は、念のために辞書を引いて確かめてみた。辞書にはこうあった。「事情が入り組んでいて真相がはっきりしない裁判事件」と。何のことはないなと俺は思った。だってそうだろう。日本のように資源の乏しい国は外から素材を買い込み製品に仕立てて外に売り出す以外に国のたつきを立てる術がありようもない。そのためには物を運び入れ、また運び出す船が不可欠だろうに。そしてその船の多くを我々はあの戦争で失ってしまっていたのだ。戦前世界三位だった日本の海運業は大きく凋落《ちょうらく》してしまったのだ。敗れた戦から国が立ち直り経済が発展していくために、大きな海を渡る船の喪失は国家にとって致命的なもののはずだ。

だから政府は戦後、造船の復活のため全額政府出資の造船計画を始め、一隻十億の外航船の場合、政府出資の「船舶公団」から七十パーセントの融資、残りは銀行が貸すという保護措置で事は進み、造船復活の兆しが見えてきていた。重ねて朝鮮戦争の勃発でさらに大型船舶建造がアメリカからも認められ、しかも資金の七十パーセントはアメリカの「見返り資金」を年利七・五パーセントで使ってよいという厚遇措置までも受けるようになった。

しかし、それが朝鮮戦争の休戦とともに海運造船業界に一気に不況の嵐となって吹きつけてきたのだ。そのため銀行からの融資の利子を軽減するために国が一部を肩代わりする「外航船舶建造融資利子補給法」の制定を業界は政界官界に働きかけるようになった。

この法律は日本開発銀行から借りている年利五パーセントを三・五パーセントに、市銀からの十一パーセントは五パーセントとし、その差額は政府が負担するというものだった。政府の負担というのはつまり国民からの税金を当てるということにはなる。その額は百六十七億ということ。つまり非難する側からすれば国民の負担ということにはなろうが、この案は吉田自由党、鳩山（一郎）自由党、改進党の保守三党の共同提案でわずか十日の審議で可決されたのだ。

その間、飯野海運の社長が中心となって事の推進のために政界官界に配った金が二億七千万円ということだった。その内自由党の佐藤栄作幹事長と池田勇人政調会長には党宛てに一千万円、個人宛てに二百万円が贈与され、これが受領されての問題となった。

それを受けて東京地検は佐藤、池田の二人の逮捕に乗り出し、佐藤の逮捕許諾請求を犬養健法務大臣に請訓したが、上からの訓令で犬養は指揮権を発動し、佐藤の逮捕を見送らせてしまった。これに対してメディアを含め世間の非難は囂々《ごうごう》たるもので、日本の法治体制は崩壊させられたという非難が渦まいたものだった。

佐藤は後に政治資金規正法違反で在宅起訴されたが、国連加盟恩赦で免訴となった。

しかし、俺の目から見ればあの騒ぎは何とも滑稽な現象で、国家の存亡に関わる問題の処理に政治が強く関与するのは当たり前のことではないか。まして大事なことの頼みごとに、立案者の政党の有力幹部に二百万円などというはした金を持参するのは世間では当たり前のことで、挨拶に菓子折を持参するようなものだ。

そのためにこそ政治という手段があるのではないのか。政治家には先の見通し、先見性こそが何よりも大切なので、未開の土地、あるいは傾きかけている業界、企業に目をつけ、その将来の可能性を見越して政治の力でそれに梃子《てこ》入れし、それを育て再生もさせるという仕事こそ政治の本分なのだ。

その点では俺は土方までして世の中の底辺を知っているし体得もしている。それこそが俺の本分であり、他の連中が持ち得ぬ俺の底力なのだ。そのつもりで俺もこれから政治を手掛けていこう、強くそう思ったのだった。

政治家は物事の先をいち早く読まなければならない。周りがまだ気付かぬことの可能性をいち早く予知して先に手を打ってこそ、後でどう謗《そし》られようとそれこそが俺を選んでくれた人たちの負託に応えられるのだと確信したのだ。

あの疑獄事件の印象はその後の俺の政治にたいする基本的な姿勢を決めてくれたともいえそうだ。

まさに自ら反《かえり》みて縮《なお》くんば千万人といえども吾《わ》れ往《ゆ》かんなのだと悟っ

たのだ。

大蔵大臣に就任した時、俺は役所の全員を集めて、ある意味での啖呵を切った。

「私が田中角栄だ。私の学歴は諸君と大分違って小学校高等科卒業だ。諸君は日本中の秀才の代表であり、財政金融の専門家ぞろいだ。私は素人だがトゲの多い門松を沢山くぐってきていささか仕事のコツを知っている。これから一緒に仕事をするには互いによく知り合うことが大切だ。我と思わん者は誰でも大臣室に来てほしい。何でもいってくれ。一々上司の許可を得る必要はない。出来ることはやる。出来ないことはやらない。しかしすべての責任はこの俺が背負うから。以上だ」と。

俺が大蔵大臣の時の功績といえば、まず昭和四十年に高度成長が一服し、未曽有の不況に襲われた時のことだ。

メインの証券会社の一つ、山一の経営不振が報道され、投資信託や運用預かりの解約を求める長蛇の列が出来た。本来ならばその救済は山一と取引のある市中銀行がすべきであって、国が私企業の救済に関わるべきではないのだが、大勢は山一から他にも飛び火しての大騒ぎになり、証券恐慌になりかねなくなった。

そしてある時、日銀総裁の宇佐美洵《まこと》から電話がかかり、「これは早く手を打たないと偉いことになりそうですが」ということだった。「よし、それならすぐに手を打とう」ということで、これは日銀単独ではかなわぬことなので、二人で協議し当時の日銀法二十五条を発動して証券会社に無担保無制限融資をして助ける「日銀特融」で市場の動揺を抑えることを即断した。

そしてその夜、日銀副総裁の佐々木直、大蔵事務次官の佐藤一郎、日本興業銀行の中山素平、富士銀行の岩佐凱実《よしざね》、三菱銀行の田実渉などを人目につかぬように赤坂の日銀の氷川寮に集め協力を約束させた。後にいわれた氷川密談ということでなんとか恐慌を防ぐことが出来たのだ。

大蔵大臣時代にはこんなこともあった。

昭和三十八年の所得税法改正の審議の際、担当の大蔵省主税局の税制第一課長の山下元利のミスで誤った税率表を使っていたものだった。審議中だったので修正は不可能で、他の大事な箇所にも誤りがあり、その税率表をつくった役人たちは青くなっていた。それがマスコミや野党に漏れたら大変なことになったろう。山下課長が辞表を手にして俺のところへやってきたが、俺は「そんなことで辞表なんぞ出さなくてもいいよ」と笑い飛ばした。次の日改定表を持ち出し、何食わぬ顔でしゃあしゃあと「先日提出の表には間違いがあります」と訂正してしまったが、マスコミも野党も沈黙したままだった。もちろんその前に俺は裏で手回ししておいたのだが。

そんなことで大蔵省の役人たちは大層俺になついてきたものだった。山下は後に政界入りしたが、もちろん俺の派閥に入ってきた。

俺が通産大臣の時の通商に関する日米協議の際に、いつも強く意識して事に臨んだのは太平洋戦争に敗れた後の日米関係の本質についてだった。資源らしい資源をほとんど持たぬこの国は、軍事力を備えすぎたために経済封鎖に遭い、あの無茶な戦争を起こさざるを得なかった。俺自身が兵隊として駆り出された経験の中で、若造の俺とてあの戦争のいきさつについて考えぬ訳にいきはしなかった。

戦後、天皇の命だけは助けてもらったが、憲法から教育方針、あるいはささやかな軍事力の警察予備隊にせよ、何から何まで相手のいいなりに、まさにおんぶ日傘できた我々が経済で少し力をつけてきだすと、それが目障りでか自分たちの利益ばかりを構えてこちらを抑えにかかる。外務省を始め、どの役所の役人もそれに甘んじる体たらくできていたのだ。俺にはそれがいささか腹に据えかねるところがあった。

糸を売って縄（沖縄）を買ったといわれた繊維交渉でも、密談とはいえかなり一方的に押し込まれた話だった。

水俣病という恐ろしい犠牲まで払って日本経済の復活のために育てて

きたのが繊維産業であった。国家の将来にとって致命的ともいえる繊維の問題はそう軽々しく譲れるものではあるまいから、あまり具体的な確約なんぞしない方がよろしかろう、誠意は見せても曖昧な言葉でごまかしていくべきだと佐藤総理に建言した。総理も頷いて、結果、繊維については最大の努力をするという言葉で交渉を切り抜けようとした。

その結果、沖縄返還に関しては有事の際の核の持ち込みについての密約を交わし、相手も日本の被爆体験を踏まえての譲歩につられて、繊維問題は半分棚に上げた形でなんとか収まったものだった。しかしなお、沖縄は確かに還ってはきたが繊維の方はそうスムーズにはいかず、相手の担当のミルズ商務長官は歯がみしていらいらし大統領に愚痴って訴え、ニクソンも頭にきて佐藤のことを嘘つき呼ばわりしたものだったが、しかしこちらとしては、結果、糸で吊るして沖縄という大物を釣り上げたということはなった。

嘘つき呼ばわりされた佐藤は気の毒だったが、しかし返すべきものは返させたので佐藤の男は立ったし、俺の唆《そそのか》しもある効果はあったといえそうだ。ともかくもあの後、繊維産業の進展は日本経済の復活の先兵ともなっていったのだ。

俺が佐藤内閣で大蔵大臣を希望したのに通産を引き受けたのは佐藤のためというよりお国のためという心構えでだった。だから昭和四十六年のウィリアムズバーグでの日米経済閣僚会議では相手のコナリー財務長官と激しくやりあった。相手が居丈高にテーブルを手で叩いて譲歩をせまってきた時、俺が「貿易全体の収支バランスからすれば、日本だってアメリカから買い込む石油では大幅な赤字じゃないか」と強くいい返したら、相手は返す言葉がありはしなかった。

今まで日本の役人の通弊でのらくらいい訳してきたために彼等からノートリアス（悪名高い）といわれていた通産省の役人も、それで少し溜飲を下げたと思う。

しかし帰国してから彼等役人に強くいってやったのは、「政策立案には原則論も大事だが、それをいいっぱなしでは事はすみはしない、こちらの業界の被害を日本政府の補償で最小限にすることが大切で、それでなければ相手もこちらの譲歩に乗ってはこないぞ」ということだった。つまりは世間の商売での儲けの換算と同じことだ。

サンクレメンテでの日米首脳会談で俺はある大事な提案をして押し切った。「早撃ちコナリー」という異名を持つとかいうニクソンの片腕のコナリーに、いきなり日米経済戦争の一年間の停戦を提案して強引に押し切ってやった。この反撃で彼等の日本を見る目が微妙に変わってきたと思う。つまり日本が本気で拗《すね》れば彼等にとっても厄介なことになるという認識でなければ、いつまでたっても、こちらの浮かぶ瀬があったものではないのだ。

第二回のトップ会談の後、ニクソンは俺たち日本側の首脳を昼食会に招いた。どんな報告を受けていたのか知らぬが、ニクソンはひどく上機嫌で俺の肩を叩いて抱きかかえてテーブルに案内してくれたものだった。

その前に会議場から昼食会の会場までゴルフカートを自分で運転し、その車に佐藤と俺だけを乗せたのだ。福田（赳夫《たけお》）はその後から歩いてやってきた。

その途中ニクソンが俺に君はゴルフはするのかと尋ねたので、俺はまだビギナーだが、かなり腕を上げたのでその内にマスターズに出るつもりだと片言だが英語でいってやったら彼は大笑いしていたものだった。

昼飯の会場に入るまでもニクソンは自分のゴルフについて何やら自慢だか愚痴だかを一人で話してみせたが、俺は分かっても分からなくても大いに頷いてみせてやった。

そのせいかどうか昼飯の会場では思いがけぬことが起こった。ニクソンが自分の席の隣にいきなり俺を座らせてしまったのだ。ニクソンの席順無視で声には出ないが動揺が走るのが感じられて分かった。特に日本側の出席者、外務省の役人たちにはショックだったろう。彼等にしてみればニクソンと福田を隣り合わせに並ばせ、福田を佐藤のプリンスと見せることに気を使っていたに違いないから。

実際に前年の日米貿易経済合同委員会ではニクソン・福田会談がセットされ、メディアはポスト佐藤の角福の品定めのためにアメリカ側が俺たち二人を招いたが、俺がいかに大声でまくしたてても、ニクソンと会談できたのは福田だけで、二人の勝負はもうあったと報じていたものだったが。

しかしまあ、サンクレメンテでの出来事をどう解釈するかは人によっていろいろあろうが、ニクソンが俺に、いってみれば気さくに、まあ俺のそばに座れよと誘ったのは、俗にいえば「こいつは話せる奴だな」と思ったということだろうが。

佐藤派から離脱してすぐに、かつて都市政策調査会長としてつくった都市政策大綱を下敷きにした、この国全体を地ならしして地方の格差をなくす『日本列島改造論』を発表した。高速鉄道の新幹線を日本中に走らせる。各県には飛行場を設置する。かくすれば国民はこの国のどこへでも簡単に赴けるし、むしろ地方がかかえている地方の特色は保たれ文化は栄える。狭小な国土をしか持たぬこの国はコンパクトながらもの凄く機能的なものになるはずなのだ。

この大計画を聞いて国民は度肝を抜かれ賛否両論がまき起こったが、多くの国民はどこに住んでいようとこれでそれぞれの夢を持てたはずだ。

さて、この頃から俺の身辺は生臭いものになってきた。佐藤内閣もいかに長期政権とはいえもう先が見えてきていた。ならば誰が彼の後を継いでこの国を預かる首班となるかを決める時期にきていたのだ。俺は俺なりの自信はあったが、佐藤の胸の内はいま一つ分かるようで分からぬところがあった。佐藤政権の末期には俺と佐藤の関わりは四分六分のところがあったと思う。とにかく佐藤を支えて四選まで持ち込むため内々に使った金の六分は俺が工面したものだった。が、それを煙たく負い目に感じてか彼とはよく喧嘩もしたものだった。

彼にとっても俺の存在はかなりうっとうしいものになってきていたのだろう。そのはしりは第二次池田内閣の時に俺がまだ手付かずだった防衛庁長官になるはずだったのを佐藤が西村直己に書き換えてしまったことだ。防衛問題は俺の発想ではいろいろ役にたつ部門のはずだったのに。

俺が池田政権下で政調会長になったのを佐藤は事前に知らずにいたらしい。人間関係の肌合いの上では俺にとって池田でも佐藤でもどちらでもいい感じだったが。

しかし佐藤にとってこの俺はどうも肌合いの違う人間だったようだ。彼の後継ということでは佐藤は同じ派の中では福田の肩を持ちたそうな感じだった。

役人同士の親近性というのは俺たちにはよく分からないものがある。過去の役人としての経歴が政治の世界で一体どれほどの意味や価値があるのかは、所詮国民が決めることでしかありはしまい。国民に選ばれた政治家として国民のために彼等が納得する何を新しくやるか、出来るかということでしかあるまいに。役人という種族に国民の期待を読み取る先読みの能力がそれほどあるとはとても思えはしないが。

佐藤の身内として俺がのしてきたのを佐藤があまり好まずにいるのは、俺にはよく感じられて分かってはいた。だから彼は、俺を自分の手近に置いて、俺が勝手に力を付けていくのを封じようとしてある時官房長官にしようとしたが、俺は断った。彼の近くにいては新しい思い付きや新規の物事はやりにくく、離れていた方がいろいろ適当にやれるからな。

だからその時、俺は保利茂に、お前こそが官房長官になれと強くすすめたのだ。彼なら佐藤から何をいわれてもいい返すことは出来ない性格だからな。佐藤は俺のことをよく独断専行だと咎めたりしていたが、結局は俺のいう通りにはなってい、要は思い付きの問題なのだ。そんなことでよくいい争いをしたものだが、俺は信じて決めたことは譲る気はなく一途《いちず》にいい張って、結局俺のいう通りになったものだった。

二人で大声でいい争いして互いにそっぽを向いていたりすると、陰で気を揉んでいた橋本登美三郎がいつもおずおずと、「もう喧嘩はすみましたか」と入ってきたものだった。

佐藤は俺と福田と保利の三人を競いあわせてうまく使い政権を長もちさせたと思うが、彼等二人はいつも佐藤の裁断を受けて待つタイプだった。俺と佐藤は上下関係にはあったが、むしろ互いに持ちつ持たれつの権力共有関係といえたはずだ。何事にせよ互いの思い付きの競い合いだった。

それは俺の自惚《うぬぼ》れではなしに、周りの者たちの目にもそう映っていたに違いない。

三選の後、佐藤の限界が自明のこととなってきて、後継者争いは水面下では熾烈《しれつ》なものになってきた。その年の正月の記者会見で佐藤は問われて、自分の後継者は三人いるだろうと暗示的なことを口にしていた。

余人から見れば俺と福田と前尾繁三郎ということだったろう。中でも福田は余裕を見せ、前にＩＭＦの総会の後の記者会見で、佐藤総理に四選の意思がなくても率先して四選を支持する場合もあり得るなどと発言し、佐藤体制の中でのクラウン・プリンスの自負を披瀝したりしていたが、国会での答弁でもうっかり「先の施政方針演説で述べた通り」などと口をすべらせて満場を沸かせたり、総理のいない場所では「総理に代わって」などと答弁したりして、答弁内容も大蔵関係に限らず国政全般に触れることが多く、野党も次期総理などと持ち上げるので当人もすっかり気負っていたものだった。

その間、俺は意識して口数少なく過ごすことにしていた。ただある時、ごく親しい仲の誰かに問われて、「俺は佐藤さんが苦しい時や危ない時は必ず顔を出し局面を切り開いてきたつもりだ。今度もあの人が傷つかぬように彼の顔を立てて最後まできちんとしてやろうと心に決めているんだよ」と心中を漏らしたことはあった。あれも事の牽制の一つといえたかもしれないが。

しかし戦の時には徹底しての戦だと心に決めてもいたが。

しかしまあ、事の行き先は簡単に読めるものではありはしなかった。佐藤・ニクソン会談で核抜き本土並みの沖縄の返還が決まり、佐藤はこの成果を背景に解散総選挙をうった。俺は幹事長としてその総指揮をとって追加公認も含めて三百議席を獲得してみせた。前回の福田が幹事長としてやった選挙では改選前の議席数を割り込んでいながら選挙は勝利と彼は自賛していたものだが、今回は歴然と俺の力量を示したと思う。

選挙というのは政治家の誰にとっても他に勝る案件だ。この選挙の結果は俺にとって何よりの追い風になったと思う。特にこの選挙を通じて俺と当時党の副総裁だった川島正次郎との関わりは深いものになった。川島は党人派の役人嫌いで俺と肌合いが似ていた。佐藤は福田後継を実現するために俺と川島の間を断とうとした。そのために川島を党務から遠ざけ衆議院議長に祭り上げようとしたが、川島は「俺はその任ではない」とすげなく拒否してしまった。それも俺と今後のことを考え計っての上のことで、俺も幹事長留任を図り、前尾、三木武夫、中曽根たちにも働きかけて彼等から佐藤に建言させ、川島副総裁、田中幹事長、そして福田大蔵大臣という体制に手をつけさせずに、第三次内閣を組織せざるを得なくした。

先々のことを勘案し俺と川島は佐藤の四選を画策していたが、福田の後見人の岸信介は佐藤に「四選には出馬せず福田に禅譲すべきだ。今なら勝てるが先行きは危ういぞ」と説いていたらしい。だが、長期政権の中でワンマン化していた佐藤は兄のいうことに耳を貸さなかった。それは俺にとっての好都合でもあった。

その間、俺と川島は党内を佐藤四選でまとめていき、福田は佐藤からの禅譲を信じきっていたようだ。俺と川島は総裁選後の改造人事では前尾派を優遇するからという条件で党内の有力候補だった前尾の出馬辞退という策を講じ、佐藤四選を望む雰囲気をもりあげていった。

党内での工作には当然人間の行き来、金の行き来はある。そうした作業の中で俺にとっては今まで接触のなかった相手との出会いも多くあり、それはそんな相手にこの俺なる男を理解させる格好の機会にはなったものだ。

佐藤は四選に向けて出馬し、佐藤と三木の一騎討ちとなり佐藤が圧勝した。しかし三木も案外に善戦し事前の見通しの七十を超えて百票も取り、それは佐藤への党内の批判を証していた。それに選挙の後、佐藤は前尾との改造人事の約束を破り、前尾は利用されただけで終わって、派閥の中での信用は失墜し、領袖の座を大平正芳に譲らざるを得なくなったのだった。これは従来の俺と大平の関わりからして俺にとって格好の事態だった。

四選から九ヶ月後、佐藤は先送りしていた内閣改造を行い、福田支持の保利を幹事長に、俺を通産大臣に据えた。財務畑の福田を外務大臣にしたのは自分の後継者のつもりでいた福田に箔を付けるためだったのだろう。しかし皮肉なことに福田外務大臣時代に厄介なことが起こった。

ドルショックとアメリカの日本を無視した頭越しの中国への急接近だ。特にアメリカの日本を無視した頭越し外交は日本にとって大屈辱だった。沖縄返還をとりつけ鼻の高かった佐藤の面子《メンツ》は丸潰れで憤懣《ふんまん》やる方なかったに違いない。いい換えれば福田外交の大失態だった。これは福田の責任というより、もともと無能で腰抜けの外務省という役所の限界の露呈としかいいようがない。

国外だけではなしに国内でも福田陣営にとって不利な事態が起こっていた。参議院で議長として無類の権力を振るい強引な議会運営をやっていた福田派の重鎮である重宗雄三議長への反発がつのり、河野一郎の弟の謙三が反旗を翻し、これにあの石原慎太郎が荷担して年寄りたちを引き回し、それにつられた三木派の連中も荷担し、重宗は引退に追い込まれてしまったのだ。

川島は昭和四十五年に急逝したが、俺の戦略は変わらず地道に仲間を獲得しつづけていった。佐藤は任期いっぱい務めるつもりでいたが、沖縄返還後の退任、そして禅譲を狙っていた岸と福田はその間何もせずにいた。俺にとって佐藤の退陣は遅ければ遅いほど仲間獲得の時間が増えて好都合だった。

今思えば、あの期間の時の流れというのは将棋の名人戦の長丁場のようなものだった。相手の長考の間、俺は小さな歩の使い様までを綿密に考えることが出来たのだ。

結果を得ての上のことかもしれないが、今思い返してみるとぞくぞくするほど面白いものがある。戦国の戦、関ヶ原の戦いなんぞもあんなものだったのだろうな。

調略、はったり、思いがけぬ油断などなどな。

人はよく俺が総理になる過程での「角福戦争」なるものについて口にするが、俺にしてみればそんなものはありはしなかった。佐藤栄作の長期政権の下でのくぐもった感じの何年かの間に、人は当然ポスト佐藤の政権について考えるだろうし、その思惑の中で何人かあり得る候補者の一人に当然俺と福田の名前が取り沙汰されただろう。そして今までの日本の政界の流れの中で考えれば、福田が圧倒的に有力視されていたに違いない。

それは俺と彼の出自の違いのせいに違いなかった。戦前から戦後までのこの国の政治の主役は軍人を含めてほとんど官僚だったのだから。一部の有能な民間人が政府の高官として登庸《とうよう》されたことはあっても、俺のようなほとんど無名の叩き上げの人間が政治の中枢に座ることなどありはしなかった。それは一種不文律みたいなもので、国民もそれを常識として心得ていたに違いない。

俺が仕え支えてきた佐藤栄作という男も、それを踏襲することになんの危惧を感じることもあり得ぬ性格だったと思う。彼を支えての長い間いろいろなことで意見が合わずにいい争いをしたものだが、結局は俺のいい分が通ったものだった。多くの場合、彼のいい分は至極真っ当ではあったが、それでは無難に過ぎてかえって無駄が多く、結果も知れたものの場合が多かった。

政治の出来事には表の通り一遍ではすまぬことが多々ある。要は商売の取引の兼ね合いに似ていることが多い。駆け引きには裏があり、そのまた裏の裏が必ずしも表ではなしにまた違う裏ということさえあるのだ。そこらの駆け引きは口で説明しても埒《らち》が明かず、後は目をつむってやってのけるしかないこともある。そんなことの勘は俺の方が彼よりも上だった。といってすべて俺が彼をさしおいてという訳にいかぬから、うまく彼を立てては彼の決裁という形に持ち込むのが苦労の種でもあったが。しかし彼が俺のお膳立てに乗って損をしたということは誓ってもありはしなかった。

そんな彼の下で尽くすような苦労を福田はしたことはなかったろう。その違いが、佐藤が自分の後継者として俺よりも福田に重きを置く形になったのはよく分かる。佐藤にしても彼の兄貴の岸にしても、彼等にとって福田を選ぶ方がはるかに無難なことだったろう。つまり同じ官僚という身分がつくるエスタブリッシュメントの中での選択の方がはるかに自然なことだったろう。世間を含めて政治の世界での周囲も同じことだったろう。そして福田もそう感じとり彼なりの自負も自信も持っていたに違いない。

しかし俺はそう思っても、信じていはしなかった。誰か相手を選ぶ時に大事なことは、所詮人触りの問題なのだ。それについては俺には自信というか確信もあった。そのために俺としては日頃さんざ心遣いをしてきたものだ。特に身近な相手に関わる冠婚葬祭には腐心し手を尽くしてきた。何よりも人間にとって生涯たった一度の死に関する行事である葬式の折には精一杯の義理を果たしてきた。俺に盾ついてのし上がったあの竹下登の父親が死んだ時には、田中軍団の国会議員の総勢を動員して参列させもしたものだ。

昔、何かの記事で読んだ、美術の愛好家で大パトロンの福島とかいう皮肉屋の大金持ちが、人付き合いは悪いが、町中で葬式に出会ったり死者を運ぶ霊柩車に出会ったりした時は必ず立ち止まり帽子をとって一礼するので、誰かが訳を質したら、「たとえ見知らぬ者でも、その人間の一生の意味や価値は傍には計り知れぬものがあるに違いない」といったそうな。なるほどなと俺は思ったものだったが。

ということで、福田に比べての俺の人触りにはかなりの差があることは知れていたと思う。それは俺の口から周りにいって回ることではあるまいが、党のトップを選ぶ競争では最後は日頃の人間関係がものをいって数にまとまるに違いない。戦の結果は最初から知れていると俺は確信していた。

連中が何を信じ何を自惚れているかはしれないが、世の中には官僚が嫌いな人間は沢山いるし、党の中でも同じことだ。党の副総裁で折節に党を牛耳ってきていた川島正次郎は大の官僚嫌いだったし、外務大臣の時、アメリカのことを日本の「番犬」といって物議をかもしたら「番犬様」と言い直して爆笑を買ったような飄逸《ひょういつ》な人柄で人気の高かった椎名悦三郎も、性格的に福田とは反りが合わぬのは知れていた。

要は人間の肌合いの問題なのだ。色の白いは七難隠すというが、一方、色の黒いのも七難隠すこともあるのだ。

俺が戦後初めて三十代で郵政大臣になったというので珍しがられ、NHKの「三つの歌」とかいう番組に出た時、司会者の宮田輝に乗せられてつい浪花節の『天保水滸伝《てんぽうすいこでん》』を唸《うな》ってみせたら、一部でいかにも下品だと顰蹙《ひんしゅく》を買って以来、浪花節大臣なる異名を冠せられたものだが、浪花節が下品というのはいかにも偏見だ。現に吉田茂が尊敬し、弟子筋の池田勇人や佐藤栄作にも何か事ある時には賀屋興宣《かやおきのり》翁などに相談しろと手紙にしたためていたその賀屋さえ、浪花節が大好きで浪花節後援会会長をまで務めていたものだ。

聞くところ著名な音楽家の中にも浪花節の愛好者は沢山いるそうだ。謡《うたい》にせよ義太夫にせよ日本人は唸るのが好きなのだ。オペラ歌手の人間離れしたソプラノに感心する者もいるだろうが、俺としては美空ひばりの歌謡曲の方がはるかにぐっとくる。

「角福戦争」などと人はいったが、あれはいってみれば水泳の試合みたいなものだった。出自という記録では少し上の福田が真ん中のコースに立たされ、少し差のある俺がそのすぐ横のコースに飛び込み、その後俺は彼よりも長く潜りつづけ、折り返しではもうトップにいたようなものだった。

いずれにせよ、あの試合で俺は役人天下に一泡吹かせてやったことになると思う。

後に聞くと、佐藤は情勢の成り行きをどう察したのか、河野派を実質継いでいた中曽根に総裁選への出馬を唆していた。中曽根派票が俺に流れるのを恐れていたのだろう。中曽根派の中では角福の草刈り場になるべきではないという意見も強かったそうだが、この際俺を推すべきだと主張したのは河野一郎の息子の洋平だったそうな。そして中曽根は最終的に佐藤の要請を蹴って俺の支持を表明した。

実は、彼は彼で選挙区の事情もあって苦しい立場でもあった。それは同じ上州から初めて総理大臣を出したいという郷土の者たちの悲願に背くことにもなるのだから。

彼が何をもって俺の支持を決心したのかは分からないが、いかにも官僚官僚した福田との肌合いの違いということだろう。

間近に総裁選を控えて、陰に陽に多数派工作が行われなかったといえば嘘になる。それまでの総裁選の事前にも熾烈な多数派工作は行われてきていたのだ。特に安保後の池田勇人、衆議院議長石井光次郎、藤山愛一郎などが争った総裁選では膨大な金が出回り、これに群がって二派から金をもらうニッカと呼ばれた手合いや、さらに厚かましく三者から金をせしめるサントリー、あまつさえ全陣営からせしめるオールドパーなる手合いまでまかり出ての醜態があったものだが、今回は水面下での画策で事は目立たぬ風に進められていったものだ。

表だってその号令をかけていたのはうちの派の古株の、渾名《あだな》が元帥の木村武雄で、当の俺は顔を出さずに、人目に遠い柳橋の料亭「いな垣」に俺の確かな支持者たちを参集させていた。玄関脇の小部屋から暖簾をくぐりぬけて集まった各員の名前を、俺は目白の自宅にいて一人一人電話で聞きとったものだった。

結果は衆議院が四十人、参議院は四十一人。これでなんとか勝算ありとは見えた。

七月の五日にはいよいよ総裁選の本選挙となった。密かな勝算はあったが、戦というものはやってみなければ分かるものではない。固唾を呑むというほどの心境ではなかったが、もうここまでくればまな板の鯉でいるしかありはしまい。そして結果は俺が百五十六票、福田が百五十票、大平が百一票、三木は六十九票となり、わずか六票の差で俺が一位とはなった。次いでの決戦投票では大平と三木陣営の大部分を獲得し、結局、俺が新総裁に選出されたのだった。ちなみに大平は百票を超えて三位となり面目をほどこし、三木は七十に満たず面目は潰れてしまった。

ということで、本会議での首班指名を前に俺を支持する仲間たちを束ねて正式な派閥として出発する覚悟を決め、その揮毫《きごう》の折などの号を「越山」とし、周りからはよく故郷の英雄上杉謙信を意識しての号かといわれたが、それほど気負ったことではなしに、ともかく笈《おい》を背負って故郷を出て高い山を越え東京にたどりつき、仕事も成功させた揚げ句に、ここまでたどりついたという俺なりにしみじみした実感を踏まえてのことだった。

そして七月六日、俺は内閣総理大臣に指名されたのだ。とにかく来るところまで来たという実感だった。

総理大臣に指名されたことでのことさらな達成感はあまりなかった。むしろそれまでの官僚主導を念願する佐藤・岸兄弟の陰にこもった画策との戦いの方がくたびれた。

この若さで総理大臣になった俺への世間の関心はいろいろあったろうが、何かのメディアが載せていたおふくろのフメの言葉が一番身にしみたものだ。おふくろはいっていた。

「アニに注文なんてござんせんよ。人さまに迷惑かけちゃならねえ。この気持ちだけだな。これでありゃ、世の中しくじりはござんせん。他人の思惑は関係ねえです。働いて働いて、精一杯やって、それで駄目なら帰ってくればええ。おらは待っとるだ。人さまは人さま、迷惑にならねえことを精一杯はたらくことだ。総理大臣がなんぼ偉かろうが、そなんなこと関係しません。人の恩も忘れちゃならねえ。はい、苦あれば楽あり、楽あれば苦あり、枯れ木に咲いた花はいつまでもねえぞ。みんな定めでございますよ。政治家なんて喜んでくれる人が七分なら、嫌ってくる人も三分はある。それを我慢しなきゃ、人間棺桶に入るまで、いい気になっちゃいけねえだ。でけえことも程々にだ」と。

このおふくろならではの言葉は身にしみたな。

しかし何だろうとかくなった上は、やるべきことは総理になった俺自身への責任としてもやり遂げなくてはなるまい。まず何よりもかねて見兼ねていたこの歪んだ日本という国をつくり直すこと。つまり念願だった日本列島の改造だ。そしてアメリカに先を越された隣の大国、中国との関わりの健全化だった。

俺は決して共産主義なるものに共感も賛同もしないが、しかしなおこの時八億を超える人口をかかえる隣国の存在は無視できるものでありはしまい。日本が太平洋戦争を起こすまでの近代軍事国家になりおおせたのも、生めよ増やせよの富国強兵のおかげで、国家の体制が何だろうと、その強権の下で彼等がまとまった時の可能性は無視できるものでありはしまい。日本を無視して彼等に接近したアメリカの思惑が何だろうと、隣国として在るこの国が彼等と絶縁したままですむ訳はありはしまい。彼等が未熟なら未熟なりにこちらが主導して国同士の関わりを活用していけばいいのだ。すくなくとも今限りにおいては俺たちの方が知恵もあり能力もあるはずだ。この相手を我々のためにどう利用していけばいいのかくらいの知恵は優にこちらにはあるはずだ。

ということで、中国との関係進展を俺の内閣の命題とすることを外務大臣をまかせた大平にも打ち明け、彼も賛同してくれた。

まず第一の仕事は日本列島改造への着手だが、俺はすでに幹事長の時代から今後二十一世紀にかけての政治課題とは総合的、長期的な国土計画だと宣言してきた。これについて執筆発表した『日本列島改造論』はベストセラーにもなり多くの期待が寄せられてもいた。

中にはこうした論は利権を生み、政治を歪めかねないという批判もあったが、経済発展とともに日本の社会の歪《ひず》みはますます進み、都市の過密、交通渋滞、住宅難、公害、それによる医療費の増加、そして地方の衰退、過疎化という厄介な問題を解決するための合理的政策とそのための資金の捻出方法を早急に考えなくてはならぬ時期にさしかかっていたのだ。これは貧しい田舎から徒手空拳で都会に出てきた者にしか分からぬ実感だったはずだ。

政治家の責任とは、役人と違ってもっと大摑みに国の将来を考え、それに備えての施策を考え実行することだ。明治以来百年の歴史を振り返ってみると、国民総生産や国民所得は増大してきたが、社会の質的な大きな変化が見られる。一には一次産業の農業、林業、水産業、鉱業に携わる人口が大きく減り、二次産業の工業の人は増加、サービス業などの三次産業の人口も増え、それだけ総生産や国民所得が増えてきた。それに比例して国民が一日に行動し得る距離が増大してきた。昔は草鞋《わらじ》がけで歩いていたのが、自転車から自動車となり、さらに新幹線とまでなった。ところが大都市のサラリーマンの通勤距離と通勤時間は増大し、それは生産性を妨げ、交通機関は発達したのにそのプラスメリットが企業に生かされない状態になってきた。

大都市への集中は限界に近付き、集積の利益は逆にマイナスに転じる恐れが出てきたのだ。

このテンポの速い現代に百年先を予測するのは、官僚には難しい仕事で彼等には限界がある。

今のままで自然成長していけば大都市は機能麻痺してしまうだろう。

故にも生産手段も含めて企業を地方に分散させなくてはならない。そのために新幹線を日本中に走らせ、どの県にも県都の近くに飛行場をつくり、国民の移動の時間と距離を短縮させる。それによって総生産量が向上し利益が増大すれば、これから多分進むだろう国民の高齢化にも対応できる社会保障のための予算も潤沢となり、社会そのものが成熟していくことにもなる。

ならばそんな列島改造のための金、財源をどこから捻出するのかということだが、これは国家の予算を充実させたとて出来ることでは決してない。そのためにはあくまでも民間のエネルギーが不可欠なのだ。何でもかんでもお上、国家におんぶするという低開発国家の態様ではとても及びはしない。あくまで民間の資金、エネルギーを中心にしてやっていく。政府はそれに利子補給をして財政規模を縮小する方がいいのだ。何でも国がやるという発想は役人の通弊だから、役人が増え、官庁機関が膨れ上がり、役人天国になってしまうのだ。

列島改造の資金源は国民に求める。余裕のある金を預かる銀行の性格を変え、今のようなデパート的な銀行ではなしに都市改造銀行、地方開発銀行、産業銀行といったシステムでいかなくては駄目だ。地価の高い大都市では、一階面積は小さくても高層のビルを林立させれば、道路幅も広くなり交通はスムーズとなり生産性も向上するに違いない。

総体的にいえば、開発の進みすぎた太平洋岸地域ではなしに、特に二次産業の乏しい日本海側の地域に企業を分散させる必要がある。日本全体を地域的にバランスのとれたものにしない限り経済成長は望めはしない。野球のピッチャーに譬《たと》えれば、豪腕をふりかざして全力で直球を投げ込む投手よりも、時には変化球を交ぜながら体全体を使って投げるフォームに改造しないと長持ちはしないし勝率も上がりはしない。

これから先の日本を考えれば、ここで思い切った先行投資を考えないとこの国は歪んだまま衰退しかねない。このままいくと俺の予感はまず二十年たったら歴然としたものになるに違いない。

俺の列島改造論を受けて、随所随所で改造のための新規のインフラの整備は始まっていった。

さて、その次は懸案の日中国交回復という大外交問題だった。自民党の中には保守党故に反共主義者は多く、岸や佐藤、そして福田もその薫陶を受けて親台湾の立場だった。そして彼等もまた当然ながら、アメリカの突然の日本の頭越しでの中国接近に憤慨していたものだ。

だから俺が大平を連れて北京に出かけ国交を正常化することに反発が多いのは想像の域で、これは党議にかけて行うべからざるものと心得、俺もまた連中の頭越しに事を行うことに決めた。

その前にアメリカがなぜ突然あれ（ニクソン訪中による米中共同声明）を行ったのか、また中国がベトナムでの戦争を舞台にアメリカと激しく競い合っていたのに、なんで容易にアメリカを受け入れたのかを調べたが、案外に容易なことだった。

それはアメリカの持つ宇宙開発技術による軍事情報への中国の劣等意

識がもたらしたものだった。

ニクソンに先んじて北京に乗り込んだキッシンジャー大統領補佐官がいわば手土産として持参していった貴重な情報とは、かねてから中国と隣接したソヴィエトとの国境紛争に関する情報だったそうな。彼等の国境を流れているウスリー川（黒竜江の支流）の中にある珍宝島（ロシア名ダマンスキー島）という巨大な中州を、ある時中国の国境防衛隊が夜中に侵犯して占拠し国旗を打ち立てた。これを見てソヴィエト軍は大挙して反撃しこれを追い払った。その後中国軍は一個師団を投入して再反撃し島を奪い返した。当時ソヴィエトは事に対処して長大な国境の上空に十二個の宇宙衛星を飛ばしていて、同一地点を一時間ごとに衛星で監視する態勢をとっていたのだ。そして深い霧が辺りを覆ったある夜、密かに膨大な数の戦車を動員して島を取り囲み、翌朝一斉射撃で中国兵を打ち殺し、その後戦車を上陸させて生き残っていた兵隊たちを死体も含めて戦車でローラーをかけて轢き殺してしまった。
その映像を見て北京は、その分野では今後アメリカに頼るしかないと判断したという。その以前、毛沢東はソヴィエトに媚びて朝鮮戦争に荷担し、その代償に水爆の技術を授かったりしていたものだが、時の経過とともに覇権拡大路線の二つの国の関係はそんなものに変わっていたということだ。

いずれにせよ、日本と隣接している中国との関わりは、太平洋を隔てたアメリカのそれとは本質的に異なるはずだ。従来、日本と中国との国交正常化を阻んできたのは台湾との関係だった。アメリカは冷戦時代の後遺症で台湾の存在を重視し、台湾海峡の治安には積極的に関与すると明言していたし、日本もそれに倣って台湾との関わりを重視してきたが、アメリカが中国との国交正常化に踏み切ったなら、それ以上に我が国は大を取るか小を取るかの選択を強いられるはずだった。

日中の国交が正常化されれば自動的に台湾との外交関係は消滅しかねまいが、これにはうまく対処しないとこちらの国内にゴタゴタが起きるに違いない。これにうまく対処するためには、中国との国交正常化はまず共同声明でスタートしてしまい、その既成事実を踏まえて国会の議決を要する問題は後回しにすることにした。その手順については外務省は二の足を踏んでいたが、俺が強引に押し切った。

事の協議のための随行者は大平外務大臣と二階堂進官房長官、そして橋本（恕《ひろし》）中国課長など八名にしぼって飛び立った。

一九七二年九月二十五日に第一回の首脳会談を行った。相手側は周恩来総理、姫鵬飛《きほうひ》外交部長、廖承志《りょうしょうし》外交部顧問など同じく八名といった顔ぶれだった。

そこでの俺の発言の要旨は、

「国交正常化の機は熟してきたと確信している。これまで正常化を阻んできたのは台湾との関係だ。正常化の結果、自動的に消滅する関係とは別に現実に起こる問題に対処しなくてはならない。国交正常化を実現する際、台湾に対する影響を十分に考えてやるべきだと思う」と。

大平の発言要旨は、

「国交正常化が我が国の内政の安定に寄与するように願っている。この観点から二つの問題がある。一つは蔣介石政権との間で取り交わされた日華平和条約の問題で、中国側がこれを不法にして無効であるとの立場をとっているのは十分理解できるが、この条約は国会の議決を受けて当時の政府が批准したものであって、現時点で日本政府が中国側の見解に同意した場合、過去長きにわたって国民と国会を騙しつづけたという汚名を被りかねない。

そこで日華平和条約は国交正常化の瞬間においてその任務を終了したということで中国側の理解を得たい。

第二点は、国交正常化によって我が国にとって重要な日米関係が損なわれないように努めたい。

国交正常化により日台の外交関係が切れた後の現実的な関係については、やることとやらないことのけじめをはっきりつけて処理したい」と。

これに対して周総理の回答は、

「田中総理のいう通り国交正常化は一気呵成《いっきかせい》にやりたい。国交正常化の基礎の上に、日中両国は世々代々、平和友好関係を持つべきで、日中国交回復はアジアの緊張緩和、世界平和に寄与するものであって、排他的なものであってはならない。

今回の日中首脳会談の後、共同声明で国交正常化を行い、条約の形をとらないという方式に賛成する。平和友好条約は国交樹立の後に締結したい。これには平和五原則に基づく長期の平和友好関係、相互不可侵、相互信義を尊重する項目を入れたい」と。

まあいっていることは綺麗だが、それが本当にいつまで続くか分かったものではない。だが、いずれにせよ、俺が事が決まった後の国会でのごたごたを避けるためにいい出したことを相手が呑んだのは一応の成功だった。

翌二十六日の会談ではかなり深刻かつ微妙な問題が提示された。日本側が国交正常化問題を法律的ではなしに政治的に解決したいといい出したことは評価する。だが、あの戦争で中国が数百万人の犠牲を払ったことに、日本側の損害も大きかったことは分かるが、俺が口にした中国に迷惑をかけたという表現は受け入れられないと周はいう。迷惑という言葉は中国では小さなことにしか使われない。この言葉は必ず中国人の反感を呼ぶに違いないと。

俺としては何も物乞いに来た訳ではないから卑屈な姿勢をとるつもりは毛頭ないが、言葉の感触の違いまでは分からぬから、以後公式の場での表現には気を配ることにはした。

あの戦争で中国人が彼のいう通り数百万人死んだかどうかは確かではないが、確かに日本側はある事情で大陸での戦線を拡大せざるを得なかった節がある。蔣介石政権は最後には大陸の奥の奥の重慶、さらには昆《こん》明《めい》まで逃げ込んでいったものだが、日本はそこまで相手を深追いする必要もつもりもなかったはずだ。

事の発端はアメリカ空軍の指揮官のドーリットルが思いつき、空母に十数機のB−25という中距離爆撃機を積み込み、突然日本の国土を奇襲爆撃してきたことだった。数機の飛行機は性能からして母艦には着艦できず、帝都東京と大阪を襲った後、そのまま日本列島を離れ、海の向こう中国大陸のしかる場所にたどりつき生き残った。

あの空襲による被害は知れたものだったが、隙をつかれて帝都の空を侵されたことは軍にとっては面子大潰れの醜態で、警戒を怠ったということで在横須賀の太平洋方面の司令官平田（昇）中将は責任を問われ罷免された。

ということで、大陸の日本軍は次に備えて彼等が空襲の後、ぎりぎりたどりついて生き残ることがないよう、占領地域を飛行機が到達し得ぬ奥地へと拡大せざるを得なかった。そのために日中両国の人的被害は拡大されたに違いない。

「双方の外交関係樹立の問題に既存の日華平和条約やサンフランシスコ平和条約をからませると問題の解決が困難になる。

これらの条約を認めると、蔣政権が正統で共産政権が非合法ということになるので、中国側のいう『三原則』を十分に理解することを基礎に、日本政府が直面する困難に配慮を加えることとしたい」

周のいい分は戦争の被害は我々の方が甚大なものだったが、今この時点で日本国民に賠償という大きな苦しみをなめさせたくはない。我々は田中総理が直《じか》に訪中し国交正常化問題を解決するといったので、日中両国人民の友好のために賠償放棄を考えた。

しかし蔣介石が放棄したからもういいのだという日本外務省の考え方は受けいれられない。これは我々に対する侮辱である。これは田中、大平両首脳の考えに背くものではないか、というので俺も相手の面子を立ててはうんうんと頷いてやった。

「日米安保条約についていえば、我々が台湾を武力解放することはないと思う。一九六九年の佐藤・ニクソン共同声明はあなた方には責任はない。佐藤が引退したので我々はこれを問題にするつもりはない。日米関係については何ら問題はないと思う。日米関係はそのまま続ければいい。

我々はアメリカをも困らせるつもりはない。日中友好は排他的なものではない」

と周がわざわざ付言してきたのには、連中もかなり焦っているなと俺は見抜いた。

「そして日ソ平和条約交渉の問題については日本も困難に遭遇すると思うが、同情する。北方領土問題については毛沢東は千島列島は日本の領土だといったが、それでソヴィエトは怒った。マオタイ酒がウォッカよりいいとか、ウィスキーがいいとかコニャックがいいとか、新聞がいっているような問題は中国側には存在しない」

とまでいったので、俺は大いに笑ってみせてやった。他人の冗談には笑って感心してやるのが何よりなのだ。

最後に俺はいってやった。

「大筋においてあなたの話はよく理解できる。日本側には国交正常化にあたり現実問題として処理しなくてはならぬ問題が沢山ある。しかし訪中の第一目的はともかくも国交正常化を実現し、友好のスタートを切ることだ。国民の中にも自民党の中にも、現在ある問題を具体的に解決することを正常化の条件とすべきだという論もあるが、私も大平もすべてに優先してまず日中国交正常化を図るべきだという信念だ。日中国交正常化は両国国民のため、ひいてはアジア、世界のために必要と確信している」と。

それに応えて周もいった。

「あなたが国交正常化を急ぐなという自民党内の意見を抑えて、一気呵成にやりたいという考えには全く賛成です」と。

三日目の会談では、向こうからいい出して、国際問題について議論したいということだった。周のいい分としては、

「思想は国の境界線に関わりなしに発展していく。マルクス主義はドイツで生まれたが、ロシアや中国で形を変えて発展した。マスコミ文明の発展によって思想の急速な伝播《でんぱ》は防ぎようがない。しかし同義の思想についてもその解釈はさまざまあり得、それを完全に統一は出来ぬし、我々もそのつもりはない。中国では各国の新聞、通信を伝える『参考消息』を多量に流し、人民にいろいろな意見を聞かせ自分で判断させている。

さもないと人民は疑問を持つし、だからニクソンやヒース（英首相）の発言も掲載させている。ニクソンは社会主義国家は一枚岩だといい張

っていたダレスの誤りを指摘した。過去にさまざまな問題を構えて結果として我々はロシアを反面教師にしてきたが、その意味でも中ソは決して一枚岩ではあり得ない。

ＥＣ十ヶ国も一枚岩ではないではないか。故にも体制の異なる国の間でも協調は可能なはずだ。我々は日中関係の中において我々の思想を日本に持ち込むつもりは全くない。そうした手段で日本の内政に干渉するつもりは全くない」と。

そして従来の中国とソヴィエトのさまざまな軋轢とその解決についても述べていた。要するに自分たちはかかる苦労を経て今にいたっているので、日本に対する露骨な干渉はしないということだ。

まあ、いいたいことは勝手にいわせておいて俺はただふむふむと頷いておいた。彼等に何をきっかけにしてでも折角ここまでこぎ着けた正常化に疑念を持たせたくない。

つまり彼等にとって突然持ち込まれた日中国交正常化は棚ボタみたいなもので、さまざまな将来の利益にとってとりこぼせないものに違いないというのは透けて見えた。

むしろここはこちらが売りで向こうは買いという総体的な関わりなのが強い感触で受けとられたな。後はどう遠回しででも、こちらの取り分をどれだけせしめるかということだ。


九月二十七日、周との正式会談が終わって迎賓館で寛いでいた俺たちのところへ午後七時半、外交部副部長の韓念龍から電話がかかってき、毛沢東主席が会うので俺と大平二人で来てほしいという。で、俺は二人だけというのは駄目だ、二階堂官房長官も一緒なら行くと答えてやった。

午後八時に周と姫鵬飛外交部長が迎えにやってきた。そこでちょっとした悶着が起こった。俺の護衛官が何を懸念してか必死の形相で「自分も連れていってください。さもないと日本から来た職責が果たせません」と俺の袖にとりすがって哀願したのだ。

「いいんだ気にするな。お前の気持ちはよく分かるが、ここまで来たら煮て食われようと焼いて食われようといいじゃないか」

と笑って出発したものだった。


会う前から俺は毛という男に並々ならぬ関心があった。周は話すほど実務に長《た》けた官僚だと思ったが、彼を含めてそれぞれ一癖二癖ある幹部を束ねて革命を為し遂げ、あの膨大な中国を支配するという大仕事を一度は国の隅の隅にまで追い込まれてなおここまでこぎ着けたというのはともかく大それた事実だ。仮にあのヒットラーがもしあのまま世界全体を支配していたとしたら、それに並ぶだろう大仕事をやってのけた男が、これから俺たちとの関わりについて何を目論見、何を期待しているのかを、この目で確かめ、この耳で聞きとることは日本を預かる立場の俺にとっての使命に他なるまいに。

当たり前のことだろうが、初めて出会った毛は大層にこやかだった。

握手の後いきなり、

「周首相との喧嘩はすみましたか。喧嘩しなけりゃ駄目ですよ。喧嘩をしてこそ仲良くなれるものですからね」

いわれたので俺も答えて、

「ええ、円満に話し合っていますよ。いいたいことは残さず話したつもりです」

といってやった。すると毛が、

「迷惑をかけたという問題はどう解決しましたかな。若い者たちはご迷惑をかけたという表現は不十分だといっています。それも無理はありませんな。我が国では女のスカートに水をかけてしまったというような時に使う言葉ですからね」

いうので、

「いやいや日本語の迷惑は中国の意味とはかなり違います。日本語では万感こめて詫びる時に使うのです。いずれにせよ、このことに拘《こだわ》られるのであれば、ここでもめても仕方ないから、中国の慣習的解釈に沿って改めるように準備しましょう」

いったら相手もさるもので、

「分かりました。迷惑という言葉の使い方はあなた方の方が上手なようですな。いろいろ困難はあっても歴史的大義に向かって邁進しましょう」

いったものだった。

その後どんなつもりでか毛が、

「日本人は、ひら仮名とかた仮名という二つをつくり出した偉大な民族だと思う。私も日本語を勉強しに日本に留学したいものだ」

といい出したので、大平が、

「それは大変だ。あなたをどうもてなしていいか分からないので留学は他の国にしてください」

いったら毛がすかさず、

「あなたはあまり友好的でありませんな」

やり返してきたので大笑いになったものだった。

その後、毛は突然右手を頭上に上げて左右にゆっくり振ると、視線を泳がせるようにしながら俺に向かって、

「田中先生、日本には四つの敵があります」

突然質してきた。俺は、「こいつまた、くどいな」と心中思った。

というのは、中国を訪れる前の外務省のブリーフィングで何度も聞かされていた言葉だった。四つの敵とは即ち、「アメリカ帝国主義」「ソ連修正主義」そして「日本軍国主義」「日本共産党の宮本修正主義」。これらと戦えと連中はかねてから日本に対して働きかけていたのだ。

ところが毛は右手の指を一本ずつ折りはじめ、まず一本目の親指で「最初の敵はソ連です」と。次いで二本目の人差し指、「アメリカです」。「そしてヨーロッパです」、三本目の中指を曲げた。「最後は」、薬指を曲

げると「それは中国です」。

掲げたまま四本の指を曲げた右の手を彼は俺たちには見向きもせずにじいっと見つめていた。まるでそのまま何かの考え事にふけっているようにも見えた。それは何とも摩訶不思議な光景としかいいようのない雰囲気だった。聞かされた俺たち日本人よりも、同席していた周以下の中国人たちの方が呆然というか凍りついたような表情で沈黙しつづけていた。俺は気づかれぬように素早く隣の周の顔をうかがった。彼の顔は青ざめるというより真っ白に見えた。

深い奇妙な沈黙の後、突然思い出したように毛はヒットラーの話をし始めた。

それを聞きながら俺は目の前のこの男が一体何故自分が支配している国を、俺たちの前で敵だと呼ばわったのかを考えてみた。そしてそれを耳にした時の周のあの表情の意味を。

毛は一体何をもってここまで仕立てあげてきた己の国を敵と呼んだのだろうか。この男はいま何が不満でこれから何をしようとしているのか。この男はかつての敵国でもあった日本の指導者の俺を迎えての席で、なんであんな大それたことを口にしてみせたのか。

恐らくアメリカから来たニクソンやキッシンジャーに向かっては口にしなかったに違いない。彼だけが頭にしまっている何かこれからの目論見なしにはあんな言葉を口にする訳もない。

そしてその一言を聞いただけであの周の顔色が青ざめてしまったのは、己の身にも関わりあることだろうに。ということは、こと周に関してはアメリカの連中は稀にみる英才だとほめそやしていたが、何のことはない周もまた他の連中と同じ毛の足下にじゃれついているチンコロに過ぎないのだなと俺は判断していた。

そして最後に俺は事前に用意していた自筆でしたためた四行詩「国交途絶幾星霜　修好再開秋将到　鄰人眼温吾人迎　北京空晴秋気深」を手渡した。

それに応えて、毛は彼の書棚から選び出して俺に中国の詩文古典『楚辞集注』をくれたものだった。

あれは楚《そ》の国の英雄・屈原《くつげん》の詩や文章の注釈書で、それをわざわざ選んで俺に手渡したという寓意、識者の解釈だと彼の俺に対する賛意というか俺に一目置いたということらしい。そういわれて高ぶる訳ではないが、あの男も一目二目というよりも得体の知れぬ奴だという気がつくづくしたものだ。

俺があの会談で毛が漏らした一言で予感したことは、実はすでに進行中で、さらに拡大していき「文化大革命」としてあの国を大混乱させたのだった。

毛はあの時点でもすでに手にしていた絶対に近い権力にまだ不安というか不満があったのだろうか。

独裁者というのはそんなに心細いものなのか。幸い俺の国には議会があり選挙もあり、それらの手続きを経て俺はここまでやってきた。今日ここに連れてきている二人の連中は俺の部下ともいえるはずだが、俺がもし俺を選んで支えている自民党は俺の敵だといったとしても、あの周のように青ざめることなどありはしまい。確かに世の中、本当の敵がどこにいるかは分かったものではないにしても、ということを実は後になって俺は悟らされたものだが、それにしても共産主義という体制はつくづく厄介なものだなと思った。

実際に毛が引き起こした文化大革命なるものは、あれからしばらくしてあの国に甚大な被害をもたらして国家としての進歩を多大に阻害してしまったではないか。そして毛は国父ともいわれていた孫文までを蹴落とし、絶対の君主として祭り上げられた。彼の満足はあったろうが、国民は実質どれほど膨大なものを失ったかは想像もつくまい。

あの騒動の中で林彪《りんぴょう》は亡命しようとして死亡し、劉少奇《りゅうしょうき》は失脚させられ、周だけはなんとか生き残った。

それにしても誰が焚《た》きつけたのか、鉄鋼は自前で生産できるなどと信じて国民の持っている鍋や釜、鋤《すき》までを徴収して溶かしてみたが、彼等の設備や技術ではろくな鉄が出来ずに壮大な空振りに終わったものだった。

あの観念の疫病はこの日本にまで伝染してきて、学生を含めて若者たちの多くが「造反有理」とか叫んで目的もなしに暴れ回り、大宗教団体の創価学会の会長までが学生を真似て覆面しヘルメットをかぶって騒ぐ醜態まであったものだ。


日中国交正常化を受けて共同声明が出され、ある意味で世界は驚かされたろうが、評価は高かった。

ただ正常化に沿っていくつかの実務協定が進められたが、一つ厄介だったのは日中航空協定に関して中国が外務大臣宛ての密電で、外務大臣の定例記者会見で、北京の差し金である新聞に日本に飛来している台湾の飛行機の尾翼についている青天白日旗なるものを国旗と認めるかどうかを質問させるが、これは必ず否定してほしいといってきたのだ。これには大平も大困惑したが、特に外務省の内部にはこれに反発する者が多く、この密電を青嵐会《せいらんかい》の連中に漏らしてしまい大騒ぎになった。

結局はここまできたならば小異を捨てて大同につこうということで、台湾の国旗を否定してしまうことになった。

いうまでもなく台湾は我々と同じ体制の友国であって、アメリカとの関わりからしても決して無視できるものではないが、それはそれとしてこれからも実質的な関わりは必ず継続されるはずだということでやむなく踏みきった。

しかしその結果、台湾は面子を潰されたことへの報復として日本の飛行機の乗り入れを拒否し、さらに台湾周辺のＦＩＲ（飛行情報区）の飛行通行を禁止してきた。そのため台湾以南の諸国に向かう飛行機は迂回を余儀なくされ、余計な時間と燃料費の支出を強いられることになった。これもまあ、大同のために捨てる小異として我慢するしかなかったが、俺が総理の座をやがて退いて他の代になれば自然に解消されることに違いない。しかしいろいろ情報をとると、ヨーロッパは別にして、ソヴィエトとアメリカは俺が突然中国との国交を正常化したことに不快の念を強く抱いていたようだ。

特にアメリカは手前たちのことを差し置いて俺が為し終えてしまったことに、中国との関わりにさしたる展望もないくせに妙な懸念を抱いていたようだった。それは、まだ冷戦の延長の上にある彼等白人たちにとって、ソヴィエトの苛立ちへの配慮以上に、やはり未開の大国としての中国と経済成長の目覚ましい日本との新しい関わりの未知性への懸念だったのかもしれない。しかしなお、この日本が隣の国との関わりを是正するのに、何故彼等のお墨付きがなければならぬかということだ。我々が戦争で失った沖縄など本来の領土を返還させたことで、何の負い目があるというのだろうか。

我々がこれから意識し目指さなくてはならぬのは、外交も含めての自主性ということに違いない。それを許さぬという者の国家としての存在などあり得ぬことに違いない。

一九七〇年代に入って石油の流通の世界的危機が到来した。これは我々にとって未曽有の事態だった。石油は経済にとっての血液のようなものだ。この段に至って石油の輸入を一方的にアメリカに依存していた日本経済は大打撃を受けた。特に電力を一番食うアルミ産業は瞬間的に壊滅し、操業可能で残ったのは日本軽金属の蒲原《かんばら》製造所だけという惨状を喫したのだ。

この事態を見て俺は新しい命題を突きつけられた思いでいた。専門筋に依頼し調査した結果では、石油に関して日本はそのほとんどを外資系のメジャーに依存していて、その背後には厳然としてアメリカがいるのだ。唯一の例外として敗戦後間もなく、石油国有化を宣言したイランの石油をメジャーが封印してしまい、イランが難儀している時に、出光興産が日章丸というマンモスタンカーを派遣して彼等の民族石油を買い付けてやったという快挙があった。日章丸はメジャーが画策してこれを妨害し狭小なマラッカ海峡でタンカーを拿捕《だほ》するのを警戒し、わざわざ遠回りしてインドネシアのロンボック海峡をすり抜けて日本まで戻るという離れ業をやってみせたものだった。国民はこの出来事にさしたる関心を示しはしなかったが、俺には日本人もなかなかやるなあと思わせる強い印象が残る快挙だった。

石油危機は俺に政治家としての新しい命題を与えてくれたと思う。エネルギーに関する問題でも日本は自立しなくてはならぬと確信したのだ。だから電力の燃料源の油にせよ、これからは必要大となるだろう原発のためのウランにせよ、アメリカやメジャーに頼らぬ日本独自の導入ルートを開拓すべきなのだ。

それを役人たちにまかせれば、結局、彼等はアメリカに気兼ねして事が進む訳はない。これはあくまで政治家の責任と仕事に他なるまいに。そう思って俺は資源外交としてアメリカ以外の供給源たり得る国を歴訪しての買い付けを俺自身の手でやる決心をしてカナダ、インドネシア、オーストラリア、ニュージーランド、ビルマを訪れて資源の確保のための契約を進めてきた。後で思えばあれがどんな形で我が身に跳ねかえってくるかには気付かなかったが。

しかしまあ、アメリカが俺のやり口を快く思わぬのは想像の域だったが、後にニクソンの片腕となり国務長官になったキッシンジャーが俺のやり方に強く反発していたことは後になって知らされたのだった。

それから間もなく行われた参議院選挙には俺としても懸命な梃子入れをして勝利した。その時は党としては未曽有の公認料として一人三千万円を手渡したものだ。それにプラスしてあと一息と思われる候補は俺の事務所に呼んでさらに嵩上げした援助をしてやった。それがどう癇にさわったのか、あの石原が主導して青嵐会の連中が金権政治を唱えて反発してきた。

我が派の長老の木村武雄たちが怒って彼を告訴し裁判沙汰となった。これは取り消しとなったが、続いてジャーナリストの立花隆と児玉隆也が「文藝春秋」に俺を非難する論文を載せた。

これには往生させられた。特に児玉の「淋しき越山会の女王」という俺の秘書と愛人を兼ねている佐藤昭のことを暴いた文章は、俺たちのプライバシーに踏み込んだえげつないもので、立花のものよりもこちらの方が世間の耳目を集めることになった。

揚げ句に我が派の参院議員たちが動揺し、馬鹿なことに彼女を議会の委員会に参考人として呼ぶことに同意してしまったのだ。それが一層の評判になり、俺たちの娘の敦子がリストカットを繰り返し、飛び降り自殺未遂までして、愕然とさせられた。

それを眺めて、俺は即座に血を分けた子供を救うために総理の座を投げ出すことに決めたのだ。はるか昔、妻との間に出来た長男を僅か五歳で失った時のショックを思い出してもいた。あの後、折節にあの子がまだ生きていたならと何度思ったことだろうか。

その辛さに比べれば総理の座なんぞ軽いものだと切に思った。それが俺の本性だとわざわざ自分にいい聞かせるまでのことでもなかった。それに後に巻き起こったロッキード事件なるものもそうだが、所詮訳の分からぬ出来事だから当然司法は適切な裁判と判断を下すはずで、その結果俺は俺の実力で必ず復権してみせる、復権出来るはずだと信じてもいた。しかしこの国の司法は結局何かになびいてこの俺を裏切った。

しかし何よりも辛かったのは、同じ屋根の下に暮らしている娘の眞紀子が他の誰よりも辛く俺に当たってきたことだった。結婚して出来た可愛い孫からも俺を遠ざける始末で、家にいてもいたたまれぬ思いだった。

俺が退陣した後の党の総裁、総理大臣を誰にするかというのが大問題となった。となれば党内のいきさつからして椎名悦三郎ということだろうが、誰がどういい出してのことか、それを椎名自身に決めさせることになってしまった。そして椎名はさすがに自分を指名はせずに、なんと椎名裁定としてあの三木武夫を指名してしまったのだ。

これはえらいことになったなと俺は思った。三木というのはおよそ実務に関わりの薄い、いうこととやることとすべて観念的な奴で、女房が森コンツェルンの出だから金に関しても何の苦労もせずにこられた男で、すべて世間の風潮に迎合するところがあり、誰がつけたのかバルカン政治家という名にふさわしいところがあった。

その典型例は彼の旗振りで会期末ぎりぎりに成立した改正政治資金規正法で、政治家は金を集めにくくはなったが、所詮、実質ザル法でしかなかった。

世間は当然のことながら、こと金に関しては敏感で、国家の将来のために事あれと思って出かけた資源外交からもどってくれば、定例の記者会見で出てくる質問は反主流派の記者からばかりで、政治部の中でもパワーバランスが変わってしまったのを痛感させられたものだ。いろいろ食い下がられても、

「金に関してはいま全部調べているから、観念的には答えられない。きちんとした証拠書類を提示して国民に理解してもらう努力をしますから」

としかいいようなかったが、国民の目には俺はもういかにも死に体と

しか映らなかったろう。

そして事はまさに青天の霹靂《へきれき》のように起こった。

外電によると一九七六年、米国の上院外交委員会の多国籍企業小委員会が開かれ、冒頭チャーチ委員長が「本日は公聴会を開き、ロッキードの決算会社のアーサー・ヤング会社をまず取り上げ、続いてロッキードの責任ある役員たちからヨーロッパ及び日本で行われた疑問の多い政治的支払いについて説明してもらいたいと思う。きわめて遺憾なことだが、ロッキードが日本において有名な右翼軍国主義団体のリーダーを代理人として雇い、過去数年にわたって数百万ドルを給与及び手数料として支払っていたことを明らかにするだろう」と発言したそうな。

後に続く公聴会で、ロッキード社の会計監査人だった会計士のフィンドレーによってロッキード社の対外秘密工作が漏洩され、ピーナッツ百個（ちなみに暗号領収書、ピーナッツ一個は百万円で、百個は一億円）などロッキード社の不法献金の証拠となった公聴記録が突然発表されたのだ。

そしてフィンドレーは「ロッキード社は新しく開発したジャンボジェット機L－1011トライスター航空機売り込みのために巨額の工作資金を日本、ドイツ、フランス、オランダ、イタリア、スウェーデン、トルコなどに流していた」と証言した。

その裏金を政商小佐野賢治、右翼の大物児玉誉士夫、総合商社の丸紅を仲介して政府高官たちに一千万ドル、邦貨にしておよそ三十億円を流したという。その内七百八万ドル、およそ二十一億円が児玉にコンサルタント料として渡ったそうな。

後に事が俺に及んできたから手を尽くして調べなおしたが、ロッキード事件に関しては奇々怪々なことが多々ある。フィンドレーの公聴会証言に関してはそれほど重要なこととはされずに、児玉に渡ったとされる金の流れについての追跡調査は一向にありはしなかった。児玉と俺の関わりはほとんどありはしない。主な政治家の中で児玉と一番近しいのはかつての河野一郎との関わりからして河野派の後を継いだ中曽根に他なるまいが。

その前に出来事の漏洩に関しての経緯に謎というよりとんでもない作為が感じられた。ロッキード社の不正支払いを追及しようとしていた公聴会機関に、出所も差出人も不明の小包が間違って配達されてき、開いてみたら件の資料が入っていたというのだ。ロッキード社の極秘資料が宛先を間違って届けられ、受取人も宛先が自分と違うのを知りながらそれを開けてしまうというのは、アメリカのような先進国で果たしてあり得ることなのか。

事が俺に関する裁判沙汰となってからこちら側からの反論として、事は誤配によるものではなしにアーサー・ヤング会計事務所の顧問弁護士による背任的な持ち込みによるということになったが、そうとするなら一層、事はある意図によるものといわざるを得まいに。

ロッキードが売り込みのために金を渡した政府の高官の名前のイニシャルがTということで、にわかに俺が注目されるようになったものだ。国会の予算委員会の集中審議で社会党の楢崎弥之助議員が、一九七二年のハワイでの日米首脳会談で、全日空へのトライスター導入が決まったのではないかと指摘し、「断定してもいい、これは田中金脈の一環だ」

などと断言してみせたりした。

「私は、国家の名誉のためにも、信じたくない」

などと答えていた三木だが、その後の経緯を振り返れば、バルカン政治家として政権維持のためにいい機会だと思っていたに違いない。

事務所に出た時、秘書の佐藤が、

「まさかTというのはあなたじゃないでしょうね」

神妙顔で尋ねるので、

「馬鹿をいえ、俺がそんなものをもらうと思うのか。なんで一国の総理が外国の一私企業のために金をもらわなければならんのだ。第一、トライスターとは何のことだ」

他の秘書に尋ねたら、「どういう意味か分かりませんが、三つの星とかいう、飛行機の種類らしいです」ということだった。

そうしたら佐藤が、

「もらっていたなら政治資金でちゃんと処理しますから、ちゃんといってくださいよ」

重ねていうので、

「俺を信用しろ、ないといったら絶対にないんだよ。第一、全日空社長の若狭なんて次官時代から知っているが、挨拶されたこともない。そんな奴と付き合ういわれは全くないんだ」


しかし問題が随分大騒ぎになり、俺に関していろいろ取り沙汰されるようになって少ししてから「七日会」（田中派）の総会の席上で、「私の所感」なる文章を読みあげ仲間に身の潔白を主張しておいた。「一に児玉氏とは何の面識もない。小佐野とは古い友人だが、公私のけじめはきちんとつけている」と。

その月末には親父の十三回忌の法要で国に帰ったが、家の前には俺を励ますために大勢の支持者が待ち受けていた。そこでも俺は親身な仲間たちに気さくにいってやった。

「私はね、百姓の子だから緊張に対する訓練が出来ておらんかった。そのため前回の法事を忙しくてやらなかったから、ばちがあたったのかな、母親も足痛になり私も顔面神経痛で口が曲がってしまった。一番高所に上がれ上がれといわれてきたが、上がってみるとなんやかんやいわれるからかなわんね。総理大臣にまたなろうとかの気持ちはもうありません。少し慎重にやろうと思っていますよ」と。

ちょうどこの頃、三木内閣のやり方に反発する反主流派と三木を指名してしまった長老の椎名たちが三木の退陣工作を始めていた。三木もこれに対して政権維持のために懸命となり、「ロッキード事件の真相を糾明し政治姿勢を正すことと、景気の回復という国民の二大要請に応えるために自信を持って臨む。あらゆる策動に立ち向かい政局を安定させ、使命を途中で投げ出すことは絶対にしない」といっていた。そしてそのために俺を利用する挙に出たのだった。

その時、彼に忠義だてして動いたのが俺と同郷の稲葉修法務大臣だった。

この男は口数が多く軽くて当てにならぬところがあって、とても閣僚には向かぬと思っていたが、以前事務所にやってきて懇願するので第一次田中内閣の文部大臣にしてやった。ロッキード事件が燻《くすぶ》りだした時、俺はあんな大臣ではおぼつかないぞと思っていたのだが、三木内閣が発足しかけた当初は坂田道太が法務、中曽根派の山中貞則が防衛庁と内定していたのだが、山中と反りの合わぬ中曽根が稲葉を法務大臣として入閣させてしまい、坂田は防衛庁長官に横滑りしたのだ。稲葉が法務大臣になったのは彼が法学博士の資格を持っていたせいだった。

ロッキード事件が騒がしくなってからこの男は急にはしゃぎだし、どこかの新聞の特ダネインタビューで、

「自分は中央大学の法学部教授を務めたこともあって今までの法務大臣とは違う。歴代大臣の中では法解釈、法の適用についての判断は僕が一番確かだと自負している。僕は大相撲横綱審議委員を務めていたこともあるが、今まで逮捕した連中なんぞ相撲に譬えれば十両か幕下の十三枚目か十四枚目くらいのものだ。これからどんどん好取組が見られますよ、

横綱が出てくるのはこれも推定だがもう少しかかりますな。とにかく奥の奥の神棚まで掃除するよ」

などといっていたものだ。これは逆指揮権とも受けとれる話だ。後で聞いたことだが、その頃のある夜、福田は俺の秘書の早坂（茂三）と赤坂の料亭で会って、「いろいろ動きがあるので実は角さんのことを心配しているんだよ」といったそうな。

その予感が当たってか、七月二十七日、突然目白の自宅に東京地検の松田検事がやってきて俺を逮捕したのだ。逮捕の容疑は受託収賄ということだった。そんなこと、調べて話せば分かることだと端《はな》から俺は思って、周りに余計な心配はするなといって出かけたものだった。

しかし嫌なことが起こってしまった。運転手の笠原（正則）が取り調べを受けた帰りに真っ直ぐ家に帰らず、埼玉の山の中で自殺してしまったのだ。その直前に秘書の朝賀に公衆電話ボックスから電話してきていたそうな。

「ずっとつけられているんだ。今もどこかから見張られているんだよ」

といっていたそうな。

彼は俺ではなしに秘書の山田や榎本（敏夫）を乗せていたが、検察はそんな彼からも何かを聞き出そうとしていたのだろう。彼が今回の出来事でも巻き添えを食って聴取を受けたりしていた俺の刎頸《ふんけい》の友の入内島《いりうちじま》の紹介で事務所に入った人間だったせいもあったのだろうが、それにしても日頃正直で小心なあんな男を連中はどのように締め上げたのだろうか。緊張していた事務所の周囲が、彼にどういう取り調べがあり、それにどう答えたのかを詰問していたのも身に応えたのだろう。子煩悩な男で生まれた子供の名前は俺がつけてやっていたものだったのに。

いずれにせよ、検察はあの手この手を構えて本気でこの俺を取り囲み、追い詰めるつもりの様子だった。


その日から俺は小菅の東京拘置所一号舎三階の三畳ほどの独居房に収監された。直前まで総理大臣を務めた男が拘置所に入るというのは前代未聞のことだったろう。

総理大臣だった俺が監獄に閉じ込められたという出来事に広大な小菅の拘置所全体が震撼しているのが俺にも感じられて分かった。今の今まで入ったこともない狭苦しい小部屋に入れられ、壁にもたれてまず俺はこの身に何が起こったのかを自分自身に納得させようとしたが出来はしなかった。

落ち着いて一連の出来事の推移を思い返してみたが、すべて関わり知らぬ、どうにも納得のいかぬことばかりだった。故にもこの身に被せられたものは不条理以外のなにものでもありはしなかった。故にもこの俺は善か悪か、白か黒かと何度も俺自身に問いかけてみた。その度、俺自身は否と答えた。答えることが出来た。その限りでこの俺をこの国の頂点まで引き上げてくれたものがこの俺を見捨てるはずは絶対にないと思った。いや信じきった。

今俺が向かい合っているものは死などでありはしない。その限り俺の俺としての再生は必ずある。ない訳はありはしない、と何度となく俺は俺に言い聞かせつづけた。

なぜ初めに田中ありきかという疑問も世間にあり、新聞もそれに気がねしたようだが、毎日新聞の社説は、かつての造船疑獄以来続いてきていた政治と検察のあり方への不信感を払拭するにはこの俺をやらなければ世間が収まらないと述べ、そういう世間の感情への検察の思惑もあったのだろう。

田中元首相が事情聴取のために収監という報道を受けて三木総理は一応驚いてみせたが、用意周到にその日の午後には「総理と語る」というニュース番組を組ませ、「今後ロッキード事件に関する国民の健全な判断の材料が十分に明らかにされなくてはならない」と自分の手で自民党の粛正と更生を進めていくと見得を切ってみせた。

後で聞けば、その夜、三木の重臣の河本（敏夫）、井出（一太郎）、中曽根、稲葉に桜内（義雄）という手合いが密かに集まり、「クリーン三木」の名をかぶって、この件に関して名前の囁《ささや》かれている者たちへの対策を講じていたそうな。そしてその席で稲葉法務大臣は「中曽根君は大丈夫」だと太鼓判を押したらしい。

八月十七日、保釈金を払って俺は拘置所を出た。拘置所前には総理大臣から被告になった俺を見ようと千人くらいの群衆が集まっていたそうな。

検察によれば、俺の起訴内容はロッキード社の航空機トライスターの購入に関する受託収賄と併せ外為法違反ということだった。

ハワイでのニクソンとの会談で、ニクソンから日米の貿易の不均衡是正のためにアメリカ製の航空機を大量に買い付けてほしいという要請があり、ロッキードのトライスターをということだったそうだが、当時アメリカからの飛行機の売り込みは旅客機に限らず多量の軍事用の対潜哨戒機Ｐ３－Ｃや他の会社の旅客機も対象として挙がってもいたのだ。ニクソンとロッキードとの関係が何であったかは知らぬが、そもそも一国の大統領が特定の会社の名前を挙げてその売り込みを図るなどという訳があるはずもない。

ロッキードは日本への売り込みの担い手として総合商社の丸紅を選んでいたが、その丸紅の幹部の伊藤宏が俺の秘書の榎本を通じて五億円の献金を条件に俺に全日空への働きかけを依頼し、事が成ったということだ。

俺にとっての厄介な問題は、榎本の別れた細君が法廷に証人として喚問され、とんでもない証言をしてしまったことだった。

事前に裁判長は彼女に、

「あなた、またはあなたの元の配偶者である榎本さんに刑事責任を問われる恐れがあることについては、あなたは証言を拒むことができます」

と告知したが、彼女は滔々《とうとう》としゃべりだしたのだった。

曰《いわ》くに、

「榎本と伊藤の付き合いは結婚前から長くあって、伊藤は辣腕だが敵も多いので交際を止《や》めるように忠告していました。榎本は私のその忠告を入れて交際を止めるといっていました。それ以来、伊藤から榎本の自宅に電話がかかってくることはなくなったし、宴席を共にすることもなくなったので安心していました。しかし二人の仲が本当に切れていなかったのを事件で知りました。

ロッキード事件が報道された一瞬もしやと思いました。不安が当たり、伊藤からの電話が再び自宅にかかってくるようになった。毎日朝の八時頃かかってくるようになりました。榎本は緊張していてその内に電話が盗聴されていることを心配しはじめました。七六年二月十日頃、榎本を目白の田中先生の自宅に送っていく時、大塚三丁目の交差点で信号待ちをしていたら、榎本がどうしようかと相談をもちかけてきました。報道の通り事実お金は受けとったのと聞いて顔を覗き込むと榎本は黙っていたが、軽く頷いて肯定しました。また『どうしよう』という。『あなたの逮捕はありますね。田中先生への追及はどこまで及ぶのかしら』というと『あとは三木総理の腹一つだ』と答えました。そこで『男が腹をくってやったことにどうしようはないでしょう』といいました。答えは一つ、『何もなかったことなんですよ』と榎本に叩き込むようにいいました。その後何日かして、日程表、メモ等、秘書官当時の書類を自宅の庭で焼却しました。榎本にそれを報告したら『ありがとう』といいました」と。

この荒唐無稽な証言にはこちらも辟易《へきえき》させられ、夫婦間の私的な会話の信憑性について弁護側も敢えて反対尋問はしなかった。しかし、それが一層世間の耳目を集めてしまい、不利な印象を形づくったことは否めない気がする。女の怖さということか。

彼女はどんなつもりでしたのか分からぬその証言について「蜂は一刺しするとそのため死んでしまうというが、自分はそれを覚悟でしゃべった」などといい、それが覚悟の上の証言とされ大層世間受けしたようだが、後で仄聞《そくぶん》すると、その後何を思ってか自分の全裸の写真をプロの写真家に外国で撮らせたりの売名に努めていたそうだ。それを注意した周りの友人たちに、そんなことをしてでも世間の耳目を集めていないと身に危険があるなどと釈明していたそうだが、一体どんなつもりだったのか俺にはよく分からない。

世間はそれで一層この事件が、実は場合によっては関係者の命に関わりあるほど険悪な背景の下にあるという興味をそそられたに違いない。ならば一体彼女があの荒唐無稽な証言で何を裏付け、殺されかねぬほど誰をどう裏切ったというのだろうか。

それにしても、たかだか政治家の秘書をしていた男の離婚した妻に及ぶ身の危険とは一体何なのか。思うにその背景にあるのはアメリカという外国で行われた俺に関する裁判に、強引に証拠として持ち込まれた関係者の免責証言なるものの実態の曖昧さだ。

免責証言とは、その証言に関する事実に関しては証言した者の責任は一切問わないとした上での証言なのだ。となれば証言者はその証言を導く者のいいなり、期待通りの話をするに違いない。責任を一切問われないというなら嘘でも出まかせでもしゃべるに違いない。そしてそれが裁判では有効な証拠として提示されたのだ。こんな馬鹿な裁判は日本では本来とても成り立ちはしまいに。それは裁判という名を借りての演劇としかいいようがない。彼女はそのために使われた役者の一人ということだ。それを敢えて行わしめたものは何なのか、それは日本から遠く離れたアメリカの地で最初に仕込まれた策略に違いない。

つまり俺は彼等に嫌われたのだ。いみじくもあのキッシンジャーがいったデンジャラス・ジャップからアメリカの利益を守るため、誰かにいわせればアメリカという虎の尾を踏みつけた俺を除くために、事を巧みに広く手を回してロッキード・スキャンダルという劇を展開させたのだろう。

俺は俺なりの外交感覚で事を計って行ってきたつもりだった。それは俺なりの自負自信にのっとってやったことだが、無念ながらこの国は未だにアメリカの属国ということを何とこの俺自身が証してしまったのかもしれない。

肝心の司法までがそれに屈してしまい、日本にはあり得ぬ刑事訴訟の手続きをこの日本にまで持ち込み、あまつさえその証言に対する当事者への反対尋問までを封じるという、この国の法体系を全く無視した前代未聞の裁判が始まり、以来、百年戦争というべきか、翌年一月から丸紅ルートの公判が始まり、まさかの一審判決が出るまで六年半、さらに二審判決までの四年、そして最高裁への上告の後の曖昧な裁判の進行で、俺の生殺しの年月が続いていったものだった。

昭和五十一年年末の総選挙で自民党は大敗し三木内閣は崩壊した。俺は無所属で立候補し、雪の中を大型の四輪駆動で走り回り十七万近い得票でなんとか当選を果たした。
それから一年余りして母親のフメが八十六歳で天寿を全うしたのだった。この出来事は俺にさまざまな感慨をもたらしてくれた。それは何といっても人間の人生の限りについてだ。この俺に残された時間の中で何が出来るのかということ。もはや再び政治家として最高の地位を狙うなどという野心のためにではなしに、俺は俺なりに尽くしてきたこの国のために表に立たずとも、陰からであろうと俺なりに何が出来るか、何をするかということだと思っていた。

福田内閣時代に日中平和友好条約締結を機に中国の鄧小平《とうしようへい》副総理が来日し、目白の自宅を訪問してきた。日中関係の正常化をしたことへの答礼だった。彼のいった「水を飲む時、井戸を掘った人の苦労を忘れない」という言葉は身にしみた。俺にとって愉快だったのは彼の、「あなたが北京にいらした時、私は郊外で昼寝をしていました」という、人を食った言葉だった。彼は例の文化大革命の最中に失脚、追放されながらもしぶとく生き残り復活したのだ。彼がそういって俺に何を促したのかは知らぬが、彼なりに俺の身を思っての親身な言葉だったと思う。

自民党は近代化による出直しを訴えるために派閥の解消を唱え、仲間たちは政策集団なる名称の下に集うことになった。とはいえ実質には変わりはありはしない。うちも西村英一を会長に据えて政策集団を唱え、のちには二階堂を会長にしての「木曜クラブ」に看板替えし仲間も増えた。しかし何故か世間は俺たちの集まりを田中軍団と呼ぶようになった。

ロッキード問題で俺が傷を負った後だったが、それでも軍団が実力を発揮したのは昭和五十三年の総裁選挙で本命といわれていた福田を破って盟友の大平を当選させた時だろう。議員秘書団を動員して俺が檄を飛ばし、福田と中曽根の票をひっくり返させたのだ。

まあ、あの頃が軍団を率いての俺の最盛期といえたのかもしれない。ウォール・ストリート・ジャーナルのインタビューに答えてつい図に乗り、「冗談だが、もう一度首相になりたいなどといったら暗殺されるだろうな」などといったりしたものだったが。

しかしその大平も、福田派の議員たちが策動した四十日抗争の結果、議長の采配が狂って不信任案が可決されてしまい、突然の総選挙となって、心労の末に選挙の最中に急死してしまったのだ。あれは俺にとっても大きな挫折だった。

大平、鈴木（善幸）、中曽根の歴代内閣でも連中はかなり俺のいうことを聞き入れていた。特に中曽根は俺に倣って、俺が重用した後藤田正晴を官房長官に据えていろいろ助かったはずだ。後藤田は俺の派から送り込む閣僚の数には入れぬという約束も中曽根は呑んだ。そんなことで気の毒にも中曽根内閣は田中曽根内閣などといわれたものだったが。

ということで俺の家にも千客万来で、国務長官を退任したキッシンジャーや引退したニクソンや中国の趙紫陽総理が表敬にやってもきたし、中曽根内閣の大仕事の行政改革の担い手である財界総理の、もともと気の合っていた土光敏夫さんも頻繁に俺の意見を求めてやってきたものだった。特に日本の硬直化していた行政組織の改革は国民の負託に応えるためにも必須の仕事だから、俺も存分に知恵を働かせて協力したものだ。

そして裁判が始まって以来、六年半ぶりに判決が下りた。

当日朝九時に仲間の議員たちに見送られ車に乗り込んで出発した。出発までNHKの朝の連続ドラマ『おしん』を見ていたが、秘書たちに「俺は男おしんだな」などと冗談をいったりしたものだった。出掛けには「お前たちにもいろいろ苦労させてきたが、今日から楽にさせてやるよ。大丈夫だ。安心していてくれ」といって出かけたものだった。

しかし天は俺を裏切った。

午前十時の開廷の後の判決は俺に有罪を下したのだ。検察側の主張を入れ、五億円の授受と請託があったと認め、裁判史上初めての総理大臣の職務権限による収賄罪の成立を認めたのだ。罰則は懲役四年、追徴金五億円という実刑判決だった。判決を聞いた瞬間、俺は思わず「そんな馬鹿な、許せん」と口走っていたと思う。

判決の後、俺は真っ直ぐに目白の自宅に帰った。午後二時過ぎだった。

家にはすでに江崎真澄、金丸信、小沢辰男といった幹部たちの他にも多くの議員たちが詰めていて、俺を出迎えた。

連中にすればこの俺に何と声をかけていいのか分からなかったことだろう。だから皆を前にジュースを一飲みしてからマイクを握りしめ、開口一番、

「皆には迷惑をかけてすまなかった。しかしこれは間違いなく仕掛けられた罠だ。裁判の手続きや検察のいい分はこの国では筋の通らぬことばかりだ。だからこれからの裁判では必ず勝つ。推論で人に罪をかぶせるようなことは絶対に許さん。

我々軍団は自民党の中核だ。総理大臣なんぞただの機関にしか過ぎないんだ。そうだろう。そして近々必ず選挙がある。今度のことで皆には迷惑をかけたが、とにかく選挙には勝たなくてはならん。私が選挙の邪

魔になるならいつでも離れてもらっても結構だ。いいか、選挙は十二月二十八日だ。二十五日では雪が降るから駄目だ。とにかく皆して必ず勝つ、勝つんだぞ」

俺は強くいい渡した。

この状況で沈黙する訳にはいかず簡単な声明を出した。「判決は極めて遺憾なものだが、生きている限り国会議員としての職責を遂行するつもりである」と。

これに対して世論は反発し、辞職コールが沸き起こった。街頭には「角栄御用」などと記した提灯を掲げた左翼団体が練り歩いていたそうな。

それにしても榎本が受けとったという五億円の正体とは一体何だった

のか。

ロッキード社のトライスター売り込みに関与した丸紅の伊藤が、ロッキード社の副社長のコーチャンや元日本支社長のクラッターに、航空機輸入に関与し権限を持つ政府の高官たちに献金しないと事は運ばないと忠告し、相手は迷ったが、結局丸紅のいいなりに俺に五億の裏金の献金と政府与党の関係議員たちにそれぞれ献金をしたというのだ。

その顔触れや金額も分かっていた。橋本登美三郎、佐藤孝行、加藤六月といった顔触れだが、俺には一切関係がない。

榎本が、田中はロッキードから賄賂をもらったと自供したのには検事側がしつらえたトリックがあったと後になって分かった。彼等は俺が金の受領を認めたというガセネタを新聞にリークし、それを信じたある新聞がそれを一面の黒ベタ白ヌキの大見出しに組んで出したのだ。榎本はそれを見せつけられて衝撃を受け、検事のいいなりにしゃべって調書に署名したという。

検事側のストーリーだともっともらしく四回に分けて段ボールの箱に入れて英国大使館の裏でとか、どこぞの通りの路上でとか受けとったことになっているが、実は全部伊藤の家でだったそうな。そしていずれにせよ、榎本はその金を俺の手元に運んで納めた。その金の由来が何かは俺は全く知りはしない。

といえばいかにも傲慢に聞こえようが、俺が総理になって初めての参議院選挙に必勝するために俺は画期的な予算を組んで備えていたのだ。各候補に渡す公認料は一人三千万円という画期的なものだったし、それでもまだ弱い候補には俺からの個人的な援助としてそれを上回る金を渡してやったものだ。俺としては選挙に勝つために金に糸目をつけるつもりは毛頭ありはしなかった。それは俺のため、そして党のためでもあり、党の最高責任者としての、俺に課せられた使命でもあった。誰がそれを否定できるというのか。

そんな渦中にある俺にとって五億などという金は、尊大ないいようかもしれぬが、俺が調達した膨大な選挙費用の中でははした金ともいえるものだ。迂闊といえば迂闊かもしれないが、それが実感だった。そしてそれがつまずきのもとだったことは今さら否めはしまいが。

いってみれば党のための自業自得ということだろう。いい換えれば自民党を支えにしてこの国をもっとしっかりした、アメリカにもどこにも気兼ねしたり頼ったりせずに、本当に自分の意思と自分の足で立って今まで以上に大きな歩幅で真っ直ぐ歩いていけるように仕立てなおすための必要経費ということだ。それを集めて使いきることの出来るのは俺しかいはしまいに。

とにかくあの選挙のために俺が集めて使った金の総額はかなり膨大なもので、およそ三百億ほどだったと思う。


榎本が受けとったという五億という金の由来は丸紅の献金か、それともロッキード社からのものか、あるいはロッキードから十数億せしめたという児玉からの分け前なのか分かりもせぬまま、せまっている大切な選挙のためのどさくさの中で俺の事務所に入れられ、他の多額な金にまぎれて、佐藤がてきぱきさばいたことに違いはない。

要はあちこち手を尽くして選挙のために集め用意したおよそ三百億という金の中の、ただの五億という金の由来が問われたということなのだ。

総理として初めて手掛ける参議院選挙のために俺は知恵を絞り、あちこちあらゆる手を尽くしてきたのだ。裁判沙汰にまでなった長岡市の信濃川の河川敷問題にしても、発端は数年に一度は発生する川の氾濫を抑え、それに加えて致死率五十パーセントにも及ぶツツガムシによる奇病が蔓延する広大な土地対策を農民の要望を受けて行った上のことだ。

堤防建設を本堤工事に格上げさせ、国道八号線バイパスとして長岡大橋、大手大橋が建設され、土地の価格は高騰し、俺のファミリー企業の室町産業がプロジェクトに沿って安価で取得していた土地も高騰はしたが、しかしそれに沿ってあの無価値に等しかった広大な土地は多くの者たちのために幅広く有効性のある土地として生まれ変わったのだ。

要は誰がいかに発想して土地と水と人間たちを救うかということだ。そうした新しい発想の実現でつくり出した金を、俺は俺自身のために用立てたことなどありはしない。それはすぐれた経営者や政治家にとっても同じことだろうが。他人の出来ぬ着眼と発想で新しく何を開発するかということだ。俺が手掛けてきた俺の発想に依る四十に近い新しい議員立法にせよ、新規の外交方針にせよ、同じ原理ではないか。

しかしあの出来事が起こった後の政局は、俺にとってはいかに陰から力を振るったにせよ、息苦しいものだった。軍団とも呼ばれた最大最強の派閥を抱えながらいま一つ心がすっきりはしなかった。それは俺が俺としての完全な再起に関してのことだ。ロッキード裁判の不当不本意な判決は控訴による審理がだらだら続いている限り俺の手足を縛りつけ、俺は俺として奔放に羽ばたくことは出来なかった。第一審の結論が無罪になっていれば、当然、俺はこの国を牽引する役を再び買って出たに違いない。そしてそれは必ず可能なはずだった。

しかし被告人の立場はそれを許しはしなかった。外国にも挫折した総理や王様が何回も再起、復権した事例は多くあるが、無実を晴らせず半ば囚われの身の俺にはせいぜい闇将軍の身に甘んじる以外にありはしなかった。それは俺だけではなしに、俺の部下や仲間の議員たちにもさまざまな欲求不満と苛立ちとして蔓延していったとは思う。

鈴木内閣の下で、ロッキード裁判は延々と続いていたが、党としての派閥解消の動きの中でも俺の派閥への加入者は増えてきて百人の大台を超え、俺の軍団は揺るぎない党内最大のものになった。昭和五十九年の夏の終わりに木曜クラブの研修会が箱根で開かれ、会長の二階堂党副総裁を筆頭に党の総務会長の金丸信、竹下大蔵大臣、小沢辰男元厚生大臣、江崎真澄元通産大臣、などなどの顔触れが揃い、外遊中の議員を除けば衆参百十二人が集まっていた。

俺はその前の夏休みに軽井沢の別荘にこもってゴルフ三昧の毎日を送り、二十日で四十ラウンドを回るという目標を達成してみせた。人は信じまいが、なに要領がある。同じ組の仲間が打っている時はコースに直接あぐらをかいて煙草でも吸っているのだ。そうしていれば回るのは楽なものだ。

だから軍団の研修会の折にも元気いっぱいだった。俺のそんな様子を見て連中はいろいろ期待していたようだったが、俺の挨拶はどうやら連中の期待していたものではなかったらしい。

冒頭、俺はいったのだ。「ロッキード事件がなければもうそろそろ引退というところかもしれない。人間いつまでも働くものではないと思ったが、事件が解決されない今、天は田中に安住は許さないと思っている。

まあ平均寿命までは頑張るつもりだ」と。当時の平均寿命は七十四歳だったから、六十六の俺にしてみれば残り十年余に復権の可能性が十分にあるつもりだった。

その後のパーティーで俺がいったことが、ある意味でその後の軍団の展開に大きな影響を与えたのかもしれない。そこで俺はいったのだ。

「中曽根には総理という荷物を負わせたのだから、我々としてはこれからもしっかりと後押しをするつもりだ。駕籠《かご》に乗る人、担ぐ人、そのまた草鞋をつくる人というが、諸君は駕籠を担ぎ草鞋をつくってもいる。それには俺も敬意をはらっているが、もうあと少しのことだ。頑張ってくれ」と。

その時それを聞いていた各自が何を感じ、どんな表情を浮かべたかは分からない。しかしあの一言で俺は思わぬ一石を投じてしまったのかもしれない。

俺が退陣してから丸十年経った頃、「中曽根の後は我々の派から総裁を出さないと派がもたない」という声が上がってきているのを、彼等を束ねいろいろ面倒を見ている佐藤昭から折節に聞かされていた。その気持ちは分からないではないが、俺にはまだ判断というか決心がつかぬ節があった。あれは何といおう、俺にとっての一種の未練だったのかもしれない。つまり悟れずにいたということかも。

俺はポスト中曽根には二階堂を立てていき、俺が復権するまで手綱を締めつけていけばいいとも思っていたのだが。

実際、暗愚の帝王とまでいわれた鈴木が突然引退声明を出した時、小沢一郎が派としては二階堂を担ごうといい出して五十人ほどの署名を集めたことがあった。しかし結果として俺は中曽根支持を言明したのだ。いま思えば思い過ごしかもしれぬが、あの思いがけぬ裁判の余韻もあって、その中で俺の忠臣の二階堂では党全体の中にまだ反発があるのではないかと危惧したのだ。

派を纏《まと》めていた金丸は一応「オヤジが総裁候補を出さないというなら右へならえしかない」といったそうだが、中曽根嫌いの彼にいわせるとオンボロ神輿でしかない中曽根にたいする彼の心中は言葉とは大分違っていたようだ。後で聞いたが彼は陰で、「オヤジはいつからかすっかり変わってきたな。いい出したら止まらない。事件のショックでバランス感覚がなくなったみたいだ。誰かがはっきりものをいうようにならないといかん。このままだと派がもたなくなるぞ。誰かそういう偉い奴が出てこないものかな」といっていたそうな。

彼が考えていたのは俺が死んだ息子と同じ年の生まれのせいで可愛がっていた小沢一郎と竹下登だったろう。金丸と竹下の仲は濃いもので、先の先を思ってか金丸は自分の倅《せがれ》と竹下の娘を結婚させてもいたものだから。

研修会の後、突然イトーピア平河町ビルの田中事務所に鈴木前総理がやってきて、「この際、二階堂を担ぎ出したい」という。俺は言下に断った。「国民の六割の支持を得ている中曽根をいま変える訳にはいかないだろう。二階堂擁立なんぞ吉田内閣当時の山崎（猛）首班工作と同じだよ」といって断った。

それを受けて番頭役の金丸は、派内の二階堂擁立の火消しに奔走したものだった。そしてその論功行賞として中曽根は俺が小沢辰男を推薦したのに金丸を幹事長に抜擢してしまった。俺のやがての命とりとなった金丸と俺との間の微妙な亀裂は、この辺りから始まったといえそうだ。

あれ以来、俺が築いてきた何かが波打ち際につくった砂の城のように少しずつ少しずつ崩れていったのだ。それは俺の派だけのことではなしに、内の統制がどこよりも利いていると思われていた田中派がもはや一枚岩ではないということが世間に知れたことで、他のどこでも長老の力がどんどん殺《そ》がれて代替わりの兆候が現れてきた。それは俺の挫折がきっかけになっての時代の変化ともいえたかもしれない。

決して俺一人がこの国を背負い形づくってきた訳ではないが、俺自身の挫折に重ねてこの国のいろいろな変化を気遣わぬ訳にはいかぬような気がしてならない。この国のさまざまな変化の多くはこの俺自身がもたらしたものであると自負もしているが、しかしそれに伴っての何といおうか、国民の気質の変化は果たして本当に好ましく安心していいものなのか。

世界の中で存在感のある国になりおおせはしたろうが、例えば俺が切り開いた隣の中国との関わりは確かなものなのか、それにもまして反発しながら手こずったアメリカとの関わりは果たして今のままでいいのだろうか。この俺があの軍団を未だに率いていたとしてさらに何かが出来ただろうか。時は流れ人も変わるのは世の常でありはするが。

金丸が「オヤジの都合でいつまでたっても草鞋をつくらされているんじゃかなわない」といっているのも俺の耳に聞こえてきていた。ならば俺の後を継いで誰がうちの派をしきるというのか。まだ若い癖に金丸と懇《ねんご》ろの竹下がそんな野心をかかえているのは俺にも知れていた。あの男が酒の席で、さすがに俺の前では歌ったことがないが、若い者たちの前ではズンドコ節にかまけて野心を披露しているのは聞こえていた。自ら「熟し柿待ちの竹下さん」とか称して「今じゃ角さん列島改造、十年たったら竹下さんトコズンドコ」と唱していたというが、小賢《こざか》しい話だ。

俺の後を継ぐ者としたら竹下なんぞの他に、二階堂にせよ江崎にしろ後藤田にしろ、俺が目をかけていた歴《れっき》としたエスタブリッシュメント出の小坂徳三郎にしろ山下元利にせよ、大勢いるのだ。

ロッキードの第一審判決が下って半月ほどして俺の議員辞職を求める世間の声が高まっていた頃、総理の中曽根がホテルオークラに俺を呼び出し引導を渡そうとしたが、俺ははっきりと断った。

彼と俺は同じ選挙で初当選した仲だった。彼が事件について何を知り何を感じていたかは知らぬが、裁判に関しては俺には俺の確固としたい い分があり、それを通すまで身を引く気は毛頭なかった。中曽根もそれを最後まで押し潰す気にはなれなかったろう。同期仲間の親身な忠言もふりはらった後は一瀉千里《いっしゃせんり》で突き進むだけだった。その年の末の選挙にも俺は猛然と挑み、故郷の仲間同朋たちは俺を見捨てることなく二十二万余という空前の得票で十五回目の当選を果たした。同じ選挙に作家の野坂昭如が参議院議員を辞めて面当てに立候補してきたが、当然ながら悪戦苦闘しているという彼に防寒用肌着を差し入れさせておいたものだったが。

俺は完勝したが自民党は惨敗し、中曽根は、俺を批判し離党して新会派「新自由クラブ」を結成していた連中と統一会派を組みようやく安定政権をつくり、抜本的改革を唱えて「田中氏の政治的影響力を一切排除する」という仰々しい総裁声明まで出したのだ。そんな間に立たされた形の二階堂は心中複雑なものだったろう。それにしても俺の存在感も皮肉なことに大層なものになったものだ。そして二階堂と俺の間も微妙なものになってしまった。

二階堂と俺の間柄にさらに微妙なしこりが生じてきた。

金丸は、健康のあまり優れぬ福永健司衆院議長の後釜にポスト中曽根の有力候補の一人の二階堂を据えて棚上げにしてしまい、竹下のための道づくりをするつもりだったが、二階堂は二階堂なりの野心でこれを拒否してしまった。誰にでもそれなりの野心はある。こうなるとまるで将棋の対局みたいなものだ。

こうした状況の中で金丸と竹下のラインが日ごとに肥大化してきているのは感じられ分かってもいた。それでも俺は竹下という男を軽んじるというか、感覚的に受け入れにくいところがあった。偏見ではないが、県議会議員上がりで総理になった者など今までいはしないし、ヘラヘラ口が軽い、大勢の仲間を束ねるにしては同窓の早稲田の連中にからみ過ぎている、ということで何となく俺の性に合わないのだ。

しかし、事は俺の意向に反して目の届かぬところで進んでいっていたようだ。聞いたところ、坂田道太への議長就任の正式要請があった日の夜、金丸と竹下に加え橋本龍太郎、小渕恵三、梶山静六、羽田孜《はたつとむ》に加えてあの小沢一郎までが築地の料亭に集まり、政策集団「創政会」の発足の準備をしていたそうな。前年末に続いて二度目の会合だったという。

そして昭和六十年の正月、目白の俺の家で行った恒例の新年会で俺の簡単な挨拶の後、お前も何か挨拶をしろと竹下に手渡したマイクで彼がいったことが決定的だった。

皇居で行われた全閣僚出席の新年祝儀の席で山口敏夫労働大臣が安倍晋太郎外務大臣と竹下大蔵大臣にへつらって「次を待つ大殿《おとど》二人の揃い踏み」といったのに、竹下は即座に「いわれた途端に後回し」と答えておきましたと神妙な顔で報告してみせたのだ。あれはまぎれもなく俺への面当て、というより居直りだった。

ああ、この男いよいよ腹を決めたなと俺は思った。その後も自民党本部で記者団に今年の抱負を問われて、「大蔵大臣をやめること」と意味深に答えたそうな。

それから間もなくある雑誌のインタビューにあの小沢までが「オヤジ

の方ばかりを見ていたら何も出来ない。自分は竹下さんを総理の座につかせるつもりだ」といい、金丸も「すべてを燃焼しつくし、一身を国家のためにささげる覚悟をしてここまできた」など殊勝なことをいっていたものだ。

その後、俺は福田派を飛び出した寝業師の福家《ふけ》俊一《としいち》や公明党の矢野（絢也）書記長にも会って二階堂を支える派閥横断の体制づくりへの協力を頼んだが、事はすでに遅かったようだ。

そんな動きの中である日突然、竹下が創政会発足のいきさつについて釈明にやってきた。俺はそれに応えて、

「チャンスがやってきたら俺が必ず教えてやる。鈴木も中曽根も自分の力で総理総裁になれた訳じゃないんだぞ。あきらめた頃に順がまわって

きたんだ。慎重にやれよ」

いってやった。「分かりました」と殊勝に頷いてはみせたが、

「十年待てないのか。俺がもう一度やってからお前が総理をやるんだよ」

いったら、出された酒のグラスを握り黙ったままだった。

折からニューリーダーといわれていた安倍や宮澤（喜一）が竹下より一歩先んじた観があるということで、うちの議員たちには苛立つ観があった。

国会では俺の裁判を契機に政治倫理問題を話し合う政治倫理審査会で、審査対象に一審有罪議員までを含めるかどうかが焦点になっていた。議院運営委員長は小沢一郎が務めていて、金丸がいざという時の切り札をにぎっているというのがもっぱらの見立てだったが、俺に関してはさし

たる動きはありはしなかった。

丁度その頃、金丸幹事長の前任者だったやり手の田中六助が死んでしまった。死ぬ前に書いた俺宛ての遺言状には、「私は陰ながら貴方の白を信じて出来る限りのことをやってまいりましたが、その実を実現しないままに旅立つことをお詫び申し上げます。達磨様は九年間石の上に座したといわれますが、よく十年間もこの批判に耐えておられるお姿は神仏に等しい姿です。私は誰よりも尊敬していることを率直に申し上げます」とあったが。

結局、創政会は発足し旗揚げに四十人が参集した。副会長の一人には橋本龍太郎、事務局長には梶山静六が就任した。

竹下は発足に際してのコメントに「田中先生との間に軋轢などあった

とは思ってはいない。私は田中内閣の官房長官だったし、人間の信頼関係はいつまでも大切にしなければならないと思っている。勉強会としての位置付けをはっきりして、いやしくも派中派とかになるような運営は絶対に避けなければならない」とかいってはいたが。

竹下たちが俺を裏切ったとは思わない。ただ離れていったということだろう。それは所詮彼等にとっての利得の問題、人間の弱さということだ。それを咎める術などありはしまいに。

そして俺はあることを悟った思いでもあった。

〝ああ、権力というものは所詮水みたいなものなのだ。いくらこの掌で沢山、確かに掬ったと思っても詮のない話で、指と指の間から呆気なく零れて消えていくものなのだな〟と。

その後、赤坂の料亭での田中派の閣僚経験者の集まり「さかえ会」に顔を出し俺はいったのだ。「賢者は聞き、愚者は語るというが、俺は今日から賢者になるからな、何でもいってきてくれよ」と。

その翌日の夕刻に俺は倒れた。その日は小金井カントリーにゴルフに行くつもりでいたが、何故かその気になれずにとりやめていた。夕方、仮眠から目を覚ましトイレに行こうとしたが、足がふらついてままならない。このところ派内のごたごたで気が晴れずに酒のがぶ飲みが続いていたせいなのかと思った。足がもつれて倒れ、家の者を呼ぼうとしたが、何故か声が出なかった。家内に抱き起こされたが、右の手が動かないのが自分でも分かった。

医者がやってきていわれるまま車で東京逓信病院に入院した。検査の結果、病名は脳梗塞で左の脳をやられたということだった。

それから始まった日々を何といったらいいのだろうか。それはこれまでの俺の人生とは真逆のものとしかいいようがない。言葉は出なくなってしまったが、頭はまだはっきりとしていて考えることはまともに出来るのだが。

そのもどかしさの中で俺が思い出したのは子供の頃のドモリの思い出だった。ドモリで仲間にからかわれていい返そうとしてもすぐに言葉が出てこない。その苛立たしさに駆られて、おふくろからいわれて帰りがけに買った電球を、途中、道脇の立ち木に叫びながら叩きつけて憂さを晴らした思い出だった。

その憂さは俺なりに工夫してドモリを治すことでなんとか晴らした。しかしこの今、俺はどうやって俺自身の声をとりもどしたらいいのだろうか。このもどかしさは一体いつまで続くというのだろうか。果たして俺は俺自身として復活できるのだろうか。そのいたたまれなさに苛立ち叫ぼうとしたが、声が出ない。そして思わず涙が流れていた。それに気付いてさらに涙が溢れてきた。

そうかあれからもう五年という月日が過ぎたのか。

倒れてからもなお俺は総選挙に立候補しトップで当選はしたが、一度も登院はせずに過ごしてきた。その間、家の者たちの計らいで誰にも会わずに過ごしてきた。そして今度の総選挙には出馬はしない、いや出来はしない、と婿の直紀が発表してくれた。ということで政治家としての俺は完全に終わったのだ。

思えばあれから今日まで俺はどうやって過ごしてきたのだろうか。思い出そうとしても思いつかない。一日一生という言葉があるが、今までの毎日はまさにそれだった。そんな俺に直紀が引導を渡してくれたということだ。

ならば、さてこれから毎日何を考えていこうか。政治家でなくなった今、もう何の執着もありはしない。もう一度自分の来た道を振り返ってみるか。思ってみればあっという間のことだったような気がするな。いつもせっかちにがつがつとやってきたものだ。願ったことは何もかもやり遂げてきたと思う。人は傍からそれを眺めて何というかしらぬが、俺は自分一人でそれをやり遂げてきたのだ。いや、俺の知らぬ誰とはいわぬ何かが俺を見守ってくれていたのかもしれない。そうだろう、俺の願ったものは皆かなったのだから。

その何かはこの俺を殊勝な男と見込んでくれていたのかもしれない。

そしてその何かが最後に俺を見放したのかもしれない。

しかし俺のやったことの何が間違っていたというのだろうか。だってそうではないか、今のこの国を眺めてみろ、俺のいった通りになっているではないか。俺の予見の何が外れたというのだ。

まあそれはいい。俺がやったことの正しさはその内に歴史が証してくれるだろうに。しかしこうなってしまった今、ものがいえなくなってしまった今こそ、俺はこうして身動きできぬまま俺に問いなおして確かめておかなくてはならぬことがあるのではないのか。昔、六法全書をまる暗記までしてみせた俺が思いつかずに見落としていたものがあるのではないのか。

あるいは俺のこの病はいつか何かの力で治るのかもしれない。いや、きっとそれがある。ある筈だ。なければおかしい、だってこの俺はこの俺なのだから。それを信じることを誰が、何が禁じるというのだ。いつか、思いもかけぬきっかけでまたあの俺が蘇ることがないと誰にいえるのだ。

この頃、俺は昔見た古い映画のことを思い出すことがある。

あれはまだ若い頃、確か柏崎の映画館で見た『心の旅路』という題名のアメリカ映画だった。あの懐かしい電話交換手の三番クンと一緒だった。

話の筋書きは、ロナルド・コールマンの扮する男が大戦の最中に被った砲撃のショックで傷つき、自分の名前をすら含めてすべての記憶を喪失してしまう。

男は、俺の大好きな女優のグリア・ガースンの扮する女性と出会い、結婚し子供ももうけるが、ある時出張先で転倒し、昔の記憶をとりもどす代わりに、相思相愛の妻のことも忘れてしまう。やがて国会議員になった男が自分の夫だと気づいた妻は、何とかそんな夫を取り戻そうと彼の秘書として働きつづけるが、一向に彼の記憶は戻らない。彼女の苦悩は続くが、ある時何かの折に彼女が思いついて、二人が昔暮らしていた田舎の住まいを訪れることになる。おぼろげに覚えているその家に入り込もうとした時、家の前の庭の粗末な白い木戸が昔と同じようにひっかかりながら微かにきしって開く。昔のままの懐かしい居間を前に立ちすくむ彼に彼女は昔と同じように「スミッシー」と囁きかける。その瞬間彼は奇蹟のように自分をとりもどす。という何とも切ないが、心を打つ映画だった。

俺はもともと映画が大好きで大蔵大臣の時にも囲い者にしていた昔の

円弥、今は辻和子にもどっていた彼女を誘って待ち合わせ、帽子をかぶりマスクをして顔を隠し評判の映画を見にいったりしたものだった。
病に倒れてから床の中で何をする術もなしに昔見た懐かしい映画のいろいろなシーンを思い出していたものだが、中でもあの『心の旅路』の中でのあの男の奇蹟の復活を何度となく思い浮かべ、我が身に置き換えて俺自身の復帰を何度夢見たことか。しかしあの男に起こった奇蹟がこの俺に訪れることはありはしなかった。

俺が倒れた年の九月にロッキード事件の控訴審が開始されたが、当然俺は出廷できはしなかった。そしてその翌月に関越自動車道が全線開通したのだ。これで俺の念願がかなった訳だ。かねてから俺がいっていた通り俺の故郷の裏の日本はとうとう日本の表と繋がったのだ。

その翌々年の七月にあの竹下が正式に自分の派閥としての「経世会」を旗揚げしたそうな。それを聞いてももはや俺はどうということもなかった。今の俺にはそれに憤る故も立場もありはしなかった。俺にとって政治も、この国そのものも、すべて過ぎ去ったものにしか思えはしなかった。そんな自分に焦り怒ったりする気もなかった。もはや人は人、俺は俺でしかありはしまいに。

倒れた後、何も出来ぬまま驚くほど早く時は流れていき、やがて俺は七十歳の大台に達してしまった。

その間、誰かが斡旋してくれ、娘の眞紀子を伴って久し振りに中国を訪問もした。かつて日中国交正常化をやってのけた俺を連中は随分歓迎してはくれたが、それはそれだけのことでしかなかった。

翌年、娘の眞紀子が新潟三区から立候補して当選を果たした。これで俺はすべて一段落したとつくづく思った。

さて、この後俺は何を考え何をしたらいいというのか。俺はともかくも俺の愛する故郷、愛する人々、そしてこの国のためにすべきことはすべて果たしてきたつもりだが、それでも、し残したことはなかったのだろうか。そう思い直した時、ようやく気付いたのだ。身近にあったある者について俺は周りに気遣いしすぎたことで、あまりに粗雑にほうり出したままでいはしなかったろうかと。

俺はまぎれもなく妻を愛した。その間にもうけた娘もいろいろ手こずりながらも愛した。その孫も愛した。その他にもいろいろ関わりながら愛した女たちもあった。佐藤昭と、昔あの懐かしい神楽坂で出会って結ばれた辻和子やその子供たちも。

佐藤はあの気性だから俺と離れてもなんとか自分の才覚でやっていけるだろう。しかし辻和子との間には三人の子供がいたのだった。その内の一人、真佐と名づけた女の子は生まれて一年もたたぬうちに亡くなってしまったが、長男の京と次男の祐は立派に育ってくれていた。しかし彼等二人の男の子たちには俺に知れぬ彼等なりの苦労があったはずだ。俺はそれをほとんど無視というか知って知らぬふりで通してきた。

今思い出すと胸に刺さる出来事がいろいろあった。いつだったか新潟の親父が珍しく東京に出てきて、まだ会ったことのない孫たちに会いたいというので辻にやらせていた神楽坂の料亭に席をもうけた。親父はそこに家内をのぞいての親族一同を集め、正規の孫ではない辻の息子の京を皆に会わせて今後は睦まじく過ごさせようという腹づもりだったようだ。会が始まり少ししてから辻が四歳になっていた京を連れて現れ、皆に彼を紹介し、親父も相好を崩して喜び、彼を呼び寄せて膝に抱きかかえて抱き締め、頬ずりしてくれたものだった。

ところが、その途端、親父の隣に座っていた眞紀子が何を感じてか突然高く声をあげて泣きだしたのだ。そして辻は親父に駆け寄ると京をひったくるようにして抱きかかえ、座敷から走って消えていったのだった。以来、眞紀子は辻に関してこの俺を一切許すことはなかった。

しかしあれは辻一族に関しての一種のお披露目だった。以来、親族の者たちは目白の家を本宅と呼び、辻の方を新宅と呼ぶようになったらしいが。そんな状況の中で辻と俺との連絡を従弟の田中利男が何くれととりもってくれたものだった。同じように俺の妹たちも気を使い、彼女と親しくしてくれていたものだ。それが俺にとってのせめてもの救いだったが。

しかしある時、京が突然何を感じとってか母親に俺の正式な奥さんではないのかと問い詰めたそうな。問われて彼女は取り乱し、母親代わりにしていた昔の置き屋の女将に相談したそうだが、彼女からこの際隠さずにはっきりと教えた方がいいと諭され、彼に自分は正式な奥さんではなしに、二号なのだと打ち明けたそうな。以来、彼は俺と顔を合わせても口をきかなくなり、彼女の家を訪れても部屋から出てくることもなくなった。

次男の祐もまた中学生になった頃、学校の友人の間で噂が立ち、母親に質して我が身に関する事実を知ったそうな。いずれにせよ、彼女からそう知らされて俺にとっては自業自得ながら、心に重いことではあった。

特に京は俺に対して反抗的になり、いつかビートルズの日本での公演を聞きにいって彼等にかぶれて長髪になり、それを見た俺が彼をねじ伏せ鋏《はさみ》で髪の毛を切ってしまってから一切口をきかなくなってしまった。それである時、突然アメリカに行って好きな音楽の勉強をするといい出したのでそれは許してやった。しかし結果としてそれが良かったようだ。向こうで一人で暮らしている間に男としての自覚がいろいろ出来たようで、弟の祐に宛てた手紙で、俺と彼等の母親との本当の関わりについて知ったらしい弟を励ましてくれていたそうな。

彼女からそう知らされて俺は俺なりの期待で京の帰国を心待ちにしていたものだった。だから彼女には彼の帰国が知れたらすぐに報せるようにいっておいた。その連絡を受けて駆けつけた俺を、彼女の家族は総出で玄関で迎えてくれたものだった。家に上がるなり俺は前と様子の変わった京を抱き締め、

「お前の祐に宛てた手紙のことをお母さんから聞かされて俺は本当に嬉しかった。お前がそんなに悩んでいたなんて少しも知らなくて、お前には辛く当たったこともあったが、本当にすまなかった。許してくれよ」

いいながら俺は声に出して泣いていた。彼も俺を抱き締め返し泣いてくれたのだった。

そんなことをこの今になって思い出して何になるのだろうかとつくづく思う。

そう思いながらこの今はしきりに彼等に会いたいと思う。思うがとても出来はしない。いま俺の周りには正規の家族以外に誰もいはしない。昔の子分たちも秘書もいはしない。誰もいない。この俺以外には誰もだ。

いつだったろうか、思いがけず辻からの手紙が俺に届いた。昔から彼女のことを知っていた家内が中身を確かめ、周りに黙って俺に手渡してくれたのだ。

俺からの仕送りも絶えてしまったので今住んでいる家は取り壊し、その跡にマンションを建てて人に貸して暮らしたい。子供たちも独立して離れて住んでいるので、病院に車で出かける時にせめて京の住むところに立ち寄ってはくれまいか、その時は自分も出かけてせめて一目でもお目にかかりたいということだった。しかしそれはとてもかなわぬことだった。家内が黙認してはくれても娘の眞紀子が許す訳はあり得なかった。

彼女にしてみれば自分を生んだ実の母親を思えば、その他の女にうつつをぬかし子供までもうけた俺を、たとえ実の親だろうと女の感情として受け入れることなど出来なかったに違いない。これでもし彼女の兄だったあの子があんなに呆気なく死なずにいてくれたら、同じ男としての感情で理解とまでいかずともこの俺を少しは助けてくれたかもしれないが、と思うことも所詮甲斐のないことなのかもしれまいが。

脳の梗塞での麻痺が進み、呼吸までが困難になってきて酸素の吸入器を当てがわれるそんな情報が伝わったからか、あの辻から際どい連絡が入ってきた。最後に一度だけどんなに短くとも俺と言葉を交わしたいということだった。そのことを家内に頼み込んでくれたのは、昔から家内と時折人目を避けて馴染みのあった、円弥が芸者の頃籍を置いていた置き屋の女中頭のおみつだったようだ。

ある日の朝早く枕元の電話が鳴り、辻の声が届いてきた。家内からいわれていた付き添いの看護婦が取り次いで受話器を俺の耳にあてがってくれた。

「お父さん、いかがですか。私たちは皆元気でおります。京も祐も変わりなく過ごしておりますから安心してくださいな」

いわれても俺にはそれに答える声が出せはしなかった。ただ頷いて「アー」とか「ウー」とかうめくしかなかった。

見かねてか、付き添いの看護婦が受話器をとり、

「大丈夫ですよ、頷いていらっしゃいますからね」

告げてくれた。ただそれだけだった。

会話にならぬ会話が終わった後、俺は昔見たある映画のことを思い出していた。あれもアメリカの恋愛映画だったが、確か『裏街』という、主演の俳優と女優は、シャルル・ボワイエとマーガレット・サラヴァンだった。

二人は田舎の町で知り合い結婚の約束をする。しかし二人して町を出

る約束のフェリーに女は思いがけぬ出来事で乗り遅れてしまい再会はかなわない。その後、男は事業で成功して出世し、美人の女もデザイナーとしてニューヨークで暮らすようになり、再会した二人の関係は人目を忍んで続けられる。すでに家庭のある男が華々しく表に立つ集まりにはいつも彼女が立ち会い陰から見守りつづけていた。

男の息子はやがてそれに気付いてしまう。男がアメリカを代表してヨーロッパでの大事な経済会議に出かける船にも彼女は船客として乗り込み、息子に気付かれる。しかし男はパリのホテルで重い病で倒れ、病院に収容される。

瀕死の彼の病室に彼を気遣った女から電話がかかってくる。それを怪しむ息子に彼は遠い昔の出来事について打ち明け、息子に願って電話を取り次がせ最後の会話を交わすのだ。

辻との短い会話にもならぬ会話を終えた後、俺があの映画を思い出したのは無理からぬことだろう。
辻からの電話を終えた時、俺は何か大事なことをようやく果たせたような気がしていた。それを察したように看護婦も黙って俺に向かって頷いてくれた。何故か涙が流れていた。そして看護婦は黙ってそれをティッシュで拭ってくれた。

その翌日の午後、俺の体は自分でも分かるほどに変調を来してきた。体全体が解体されながらどこかに向かって沈んでいくような気がしてきた。看護婦もそれに気付いてか、家の者たちを呼び集めてくれた。眞紀子だろうか、中の誰かが「どうしたの、どうかしたの」、叫んで質してきた。

それに応えて俺はただ、「眠いな」と答えた。そしてそのままもっと深く永い眠りに落ち込んでいったのだった。

長い後書き

私はまぎれもなく田中角栄の金権主義を最初に批判し真っ向から弓を引いた人間だった。だから世間は今更こんなものを書いて世に出すことを政治的な背信と唱えるかもしれぬが、政治を離れた今でこそ、政治に関わった者としての責任でこれを記した。それはヘーゲルがいったように人間にとって何よりもの現実である歴史に対する私の責任の履行に他ならない。

私たちは今、「現代」という現実の歴史の中にその身を置いている。その現代という私たちにとって身近な歴史的現実が、アメリカという外国の策略で田中角栄という未曽有の天才を否定し葬ることで改竄されることは絶対に許されるものでありはしない。

ロッキード裁判という日本の司法を歪めた虚構を知りつつ、それに荷担した当時の三木総理や、トライスターなどという事例よりもはるかに大きな事件の山だった対潜哨戒機Ｐ３Ｃ問題を無視して逆指揮権を発動し、それになびいた司法関係の責任者たちこそが売国の汚名のもとに非難糾弾されるべきだったに違いない。

今私たちは敗戦の後に国家にとっての第二の青春ともいえる高度成長を経て、他国に比べればかなり高度な繁栄と、それが醸し出す新規の文化文明を享受しているが、その要因の多くは国家の歴史の中でも未曽有のものに違いない。そしてその多くの要因を他ならぬ田中角栄という政治家が造成したことは間違いない。

例えば国民の多くのさまざまな情操や感性に多大な影響を与えているテレビというメディアを造成したのは他ならぬ田中角栄という若い政治家の決断によったものだし、狭小なようで実は南北に極めて長い日本の国土を緻密で機能的なものに仕立てた高速道路の整備や、新幹線の延長配備、さらに各県に一つずつという空港の整備の促進を行ったのは彼だし、エネルギー資源に乏しいこの国の自活のために未来エネルギーの最たる原子力推進を目指しアメリカ傘下のメジャーに依存しまいと独自の資源外交を思い立ったのも彼だった。

そのために彼はアメリカという支配者の虎の尾を踏み付けて彼等の怒りを買い、虚構に満ちた裁判で失脚に追い込まれたが、その以前に重要閣僚としてアメリカとの種々交渉の中で示した姿勢が明かすものは、彼が紛れもない愛国者だったということだ。

いずれにせよ、彼の先見性に満ちた発想の正確性を今日の日本の在りようが歴史の現実として証している。

端的にいって政治家個人としての独自の発想でまだ若い時代に四十近

い議員立法を為し遂げ、それが未だに法律として通用しているという実績を持つ政治家は他に誰もいはしまい。感性の所産である芸術はしばしば天才を生み出すが、政治という感性の不毛な世界で彼のようなまさに未曽有の業績をものした人物は少なくとも戦後には他に見られはしない。

私がこれを書くことになったきっかけは、私が政治から引退した直後に早稲田大学文化構想学部の教授・森元孝氏が『石原慎太郎の社会現象学――亀裂の弁証法』という、政治家であったがために不当に埋没させられてきた私の文学の救済となる労作をものしてくれたことだった。その著者への感謝のために会食した折に、氏が「貴方は実は田中角栄という人物が好きではないのですか」と問うたものだ。私はそれに肯んじた。「確かに彼のように、この現代にいながら中世期的でバルザック的な人物は滅多にいませんからね」。答えた私に氏が「ならば彼のことを一人称で書いたらどうですか。私は貴方の一人称の小説、『生還』や『再生』を高く評価しているものですがね」といってくれたものだった。いわれて強い啓示を受けた気がしていた。

そこで早速、田中角栄に関する書物を探しまくったものだ。驚くほど沢山の本があった。過去の人物は別にしても戦後の政治家の中で彼ほど多くの本が書かれている例は他にありはしない。そしてそれらを読めば読むほど彼ほど先見性に富んだ政治家は存在しなかったということを痛感させられたものだ。現在のこの国の態様を眺めれば、その多くが彼の行政手腕によって現出したということがよく分かる。

それに限らず彼が証した最も大切な基本的なことは、政治の主体者が保有する権限なるものの正当な行使がいかに重要かつ効果的かということだった。彼は政治家として保有した権限を百パーセント活用して世の中を切り開いた。

特に通産大臣として彼が行った種々の日米交渉が証すものは、彼はよい意味でのナショナリスト、つまり愛国者だったということだ。彼は雪に埋もれる裏日本の復権を目指したように、故郷への愛着と同じようにこの国にも愛着していたということだ。

アメリカのメジャーに依らぬ資源外交の展開もその典型だと思う。

そしてそれ故にアメリカの逆鱗《げきりん》に触れ、アメリカは策を講じたロッキード事件によって彼を葬ったのだった。私は国会議員の中で唯《ただ》一人外国人記者クラブのメンバーだったが、あの事件の頃、今ではほとんど姿を消してしまった知己の、古参のアメリカ人記者が、アメリカの刑法では許される免責証言なるものがこの日本でも適用され、それへの反対尋問が許されずに終わった裁判の実態に彼等のすべてが驚き、この国の司法の在り方に疑義を示していたのを覚えている。そして当時の私もまた彼に対するアメリカの策略に洗脳された一人だったことを痛感している。

彼のような天才が政治家として復権し、未だに生きていたならと思うことが多々ある。特に私が東京という首都を預かる知事になって試みながらかなわなかったことの数々は、もし彼が今なお健在でいかなるかの地位にあって政治に対する力を備えていたとして、彼に相談をもちかけたならかなえられたかもしれぬとつくづく思う。

例えば、パンク寸前のこの国の国際線に関する航空事情を救済するために、首都東京の中に依然としてアメリカ軍が占有する、日本で最長の滑走路を保有する横田基地をせめて軍民共用で活用するとか、役人天国を支えているおよそ非合理極まる単式簿記などという会計制度を国家全体として是正し、一般の企業並みに発生主義複式簿記に直して(東京都だけでは何とか実現はしたが）、税金の無駄遣いを是正するといった大改革が為し遂げられたのではないかとさえ思うが。

私と田中角栄との個人的な関わりにはいろいろな思い出がある。

本文にも記したが、議員になりたての頃、幹事長だった彼に二つの申し出をして敢えなくはねつけられたこともあった。今思えば彼の判断は妥当だったと思う。それからしばらくして私が出馬を断りつづけてきた共産党推薦の美濃部知事相手の都知事選挙を、それまで対立候補として指名されていた宇都宮代議士が告示の寸前に降りてしまい、美濃部の無競争再選を防ぐために私がやむなく敗戦覚悟で立候補した時、青嵐会の仲間の一人ハマコーこと浜田幸一代議士が何としてでも共産主義者の美濃部を倒すために総理を辞していた角さんの力を借りようと、彼に会うのを躊躇する私をほとんど拉致して目白の田中邸に連れて行ったことがあった。金権批判の直後でもあって当然私は門前払いを食ったが、その後角さんが「石原なんぞ、俺に逆らわなければ今頃東京都の長官だ」といっていたと誰かから聞かされたものだ。それは至極当然と思ったし、私としては何のわだかまりもありはしなかった。

角さんとの私の印象的な出会いは、私が再び衆議院に戻り、青嵐会の仲間たちと新しい試みで進みだしてからのことだった。

秋口のある日、私が友人たちとスリーハンドレッドクラブのローンのテニスコートでテニスをして昼食を摂りにクラブハウスに引き上げてきた時、仲間たちは正面玄関から食堂に向かっていたが、勝手を知る私一人が近道して横の階段からテラスに上がって仲間たちと合流しようとしたら、階段を上りきったテラスの向こうに思いがけず仲間の参議院議員の玉置和郎が座っていた。

私の顔を見るなりいかにもバツの悪そうな顔をし、許しを乞うように片手を上げてみせた。それを見て向かいに座っていた相手が怪訝そうに確かめるようにこちらへ振り返った。紛れもなく田中角栄だった。

玉置は当時何かの問題で参院に急遽つくられた特別委員会の委員長になっていて、その運営のために闇将軍として力を振るっていた角さんの協力をとりつけようと辞を低くしていたのだろう。それにしても、つい先日まで金権政治反対で角さんに弓を引いていた青嵐会の参議院代表としては、私に角さんといるところを見られていかにもバツが悪かったにちがいない。

しかしその彼と相対して座っていた角さんにすれば、目の前の相手が突然怯えたような顔で挨拶する相手にいぶかるのは当然だろうが、思いがけなく直面させられた私の方も驚いた。仕方なしに階段を上がりきってから一礼したら、角さんの方からいかにも懐かしげに声がかかったものだった。

「おお石原君、久し振りだな、ちょっとここへ来て座れよ！」

手招きして立ち上がると、何と自分から立っていって窓際に置かれていた椅子を持ち上げ運んできて自分の横に据えたものだった。ならば私としては無視して逃げる訳にもいかず、おずおず近付いて出された椅子に座り一礼して思わず、「先般はいろいろご迷惑をおかけしましてすみません」。頭を下げたら横にいる玉置が取り乱して「おい君っ」と声を立てたのを全く無視して、

「ああ、お互いに政治家だ。気にするなっ」

いわれてしまったので、

「世の中照る日も曇る日もありますから、どうか頑張って再起なさってください」

いったら、玉置がまた取り乱し何かいおうとするのを手で制して、

「君は今日はテニスか、テニスは体にいいんだよな、時間も短くてすむし。君な、俺は軽井沢に別荘を三つ持っているんだよ。テニスコートも二つあるけどね。しかし子供や孫たちにいつも占領されてな、俺の出る幕がないんだ」

そして、

「まあ、ちょっと付き合って一杯飲めよ」

いうと自ら立ち上がり遠くにいたウェイターに、「おいビールをもう一つっ」と声をかけてくれた。

〃これは何という人だろうか〃と思わぬ訳にいかなかった。私にとってあれは他人との関わりに関して生まれて初めての、そして恐らくたった一度の経験だったろう。

一礼して別れ、仲間たちと食堂で合流した後も、私はたった今味わった出来事の余韻を何度となく嚙みしめていたものだった。

それともう一つ角さんとの私の関わりで意味深い挿話がある。

角さんが未だ闇将軍として恐れられ力を振るっていた頃、角さんと同郷の立正佼成会の開祖の庭野日敬《にわのにっきょう》師が彼に引退を勧め、平和運動にでも邁進したらと引導を渡そうと一席もうけた折、角さんは断固として聞かずにロッキード裁判なるものの欺瞞《ぎまん》と虚構についてまくしたてつづけ、説得をあきらめた庭野師が退席してしまった後も、同席していた教団渉外部長の布施なる人物に裁判批判を続けていたが、布施が裁判の後、角さんに背を向けた者たちに話題を変えたら、角さんも自分が目をかけてやり金の面倒まで見てやった連中の名前を鬱憤を晴らすべくつらねて口にし、自分の目の黒い内には彼等を絶対に大臣にはしないといいきったそうな。

そこで日頃、改憲論者の私に批判的だった布施が、「先生に金権批判で弓を引いたあの石原はいかがですか」と水を向けたら、角さんはにべもなく、

「ああ、あんな奴、あいつはもともと物書きだからな、仕事として書くのは当たり前だろうよ。第一、俺はあいつに金なんぞ一文もくれてやったことはないからな」

いったそうな。それを聞かされて私としては角さんの金権の相伴に与《あずか》

ったことが全くなかったことにつくづく感謝したものだったが。

私は自分の回想録にも記したが、人間の人生を形づくるものは何といっても他者との出会いに他ならないと思う。結婚や不倫も含めて私の人生は今思えばさまざまな他者との素晴らしい、奇蹟にも似た出会いに形づくられてきたものだった。

そう思えば、自ら選んで参加し、長い年月を費やした政治の世界での他者との印象的な出会いはさして思いあたりはしない。私をむしろ若い友人として周りから見れば多分稀有なる付き合いをしてくれた佐藤栄作にしろ、私を重用して異例の抜擢で閣僚に据えてくれた福田赳夫にせよ、田中角栄ほどの異形な存在感などありはしなかった。その才気もある意味では常識的な域を出はしなかった。

いずれにせよ、私たちは田中角栄という未曽有の天才をアメリカという私たちの年来の支配者の策謀で失ってしまったのだった。歴史への回顧に、もしもという言葉は禁句だとしても、無慈悲に奪われてしまった田中角栄という天才の人生は、この国にとって実は掛け替えのないものだったということを改めて知ることは、決して意味のないことではありはしまい。

この稿を書くにあたって多くの本を参考にし多くの啓示を受けた。田中角栄自身の『私の履歴書』、田原総一朗氏の『戦後最大の宰相 田中角栄』、立花隆氏の『ロッキード裁判とその時代』、辻和子氏の『熱情――田中角栄をとりこにした芸者』、中澤雄大氏の『角栄のお庭番 朝賀昭』、佐藤昭子氏の『私の田中角栄日記』等々、多くの文献に負うところが多かったことをお断りしておく。

田中角栄・年譜

一九一八年（大正七年）	五月四日		新潟県　現・柏崎市に生まれる
一九三三年（昭和八年）		一五歳	二田高等小学校を卒業
一九三四年（昭和九年）	三月	一六歳	上京、住み込みで働きながら中央工学校土木科の夜間部に通う
一九三九年（昭和一四年）		二一歳	応召、満洲で兵役に就く
一九四一年（昭和一六年）	二月	二三歳	肺炎を患い内地へ帰還
	一〇月		治癒とともに除隊、東京・飯田橋で田中建築事務所を開設
一九四二年（昭和一七年）	三月	二四歳	事務所の家主の娘、坂本はなと結婚
	一一月		長男・正法が誕生
一九四三年（昭和一八年）	一〇月	二五歳	田中土建工業を設立
一九四四年（昭和一九年）	一月	二六歳	長女・眞紀子が誕生
一九四六年（昭和二一年）	四月	二八歳	進歩党公認で第二二回衆議院総選挙に出馬するが落選

一九四七年（昭和二二年）　四月　二九歳　第二三回総選挙で新潟三区から民主党公認で出馬し当選

九月　長男・正法が死去

一九四八年（昭和二三年）　五月　三〇歳　民主自由党へ参加

一〇月　第二次吉田内閣の法務政務次官に就任

一二月　炭鉱国管疑獄により逮捕

一九四九年（昭和二四年）　一月二三日　三一歳　第二四回総選挙に獄中から立候補し再選される

一九五〇年（昭和二五年）　四月　三二歳　建築士法案を提出

一九五一年（昭和二六年）　六月　三三歳　炭鉱国管疑獄の無罪が確定

一九五二年（昭和二七年）　六月　三四歳　議員立法により新道路法成立

一九五四年（昭和二九年）　一月　三六歳　造船疑獄の強制捜査開始

五月　自由党副幹事長に就任、佐藤栄作との関係が深まる

一九五五年（昭和三〇年）　三月　三七歳　衆議院商工委員長に就任

一一月　自由民主党の結党に参加

一九五七年（昭和三二年）　七月　三九歳　第一次岸改造内閣で郵政大臣に就任（戦後初の三十代の大臣）

一九六一年（昭和三六年）	七月	四三歳	自由民主党政務調査会長に就任
一九六二年（昭和三七年）	七月	四四歳	第二次池田内閣で大蔵大臣に就任
一九六五年（昭和四〇年）	六月	四七歳	自由民主党幹事長に就任
一九六八年（昭和四三年）	五月	五〇歳	自由民主党都市政策調査会長として「都市政策大綱」を発表
一九七一年（昭和四六年）	七月	五三歳	第三次佐藤改造内閣で通商産業大臣に就任
	一〇月		日米繊維交渉が決着
一九七二年（昭和四七年）	五月	五四歳	佐藤派から田中派が分離独立
	六月		『日本列島改造論』を発表
	七月五日		福田赳夫を破り、自由民主党総裁に就任
	七月六日		内閣総理大臣に指名
	七月七日		第一次田中内閣が発足
	九月二九日		日中国交正常化を実現
一九七三年（昭和四八年）	五月	五五歳	小選挙区制導入を提案するが、撤回に追い込まれる
	九月		西ヨーロッパを訪問
	一〇月		ソビエト連邦訪問、日ソ共同声明を発表

一〇月一六日		第四次中東戦争により第一次オイルショックが発生
一一月		内閣改造。電源開発促進法等で柏崎刈羽原発へ補助金を充てる
一九七四年（昭和四九年）一月	五六歳	東南アジア訪問、ジャカルタで反日デモに遭遇する
七月		自由民主党が参議院選挙で大敗
一〇月		月刊誌「文藝春秋」に立花隆が「田中角栄研究」を発表し金脈問題を追及する
一一月		内閣総辞職を表明。フォード米大統領が来日
一二月九日		内閣総辞職。椎名裁定により三木内閣が発足
一九七六年（昭和五一年）二月	五八歳	ロッキード事件が発覚
七月二七日		五億円の受託収賄罪と外国為替・外国貿易管理法違反容疑で逮捕される
八月		自由民主党党離党、以後無所属に保釈

一二月		第三四回総選挙。トップ当選するが、自由民主党は大敗 三木内閣総辞職。福田内閣が発足
一九七八年（昭和五三年）一二月	六〇歳	田中が強く支持し第一次大平内閣が発足
一九七九年（昭和五四年）一〇月	六一歳	第三五回総選挙。トップ当選するが、自民党は大敗
一九八〇年（昭和五五年）六月	六二歳	第三六回総選挙。トップ当選、自民党も圧勝。鈴木内閣が発足
一九八二年（昭和五七年）一一月	六四歳	田中の全面的な支持を受けた第一次中曽根内閣が発足
一九八三年（昭和五八年）一〇月	六五歳	ロッキード事件の一審で懲役四年、追徴金五億円の実刑判決。即日控訴
一二月		第三七回総選挙。圧倒的支持で当選するが、自民党は大敗
一九八五年（昭和六〇年）二月七日	六七歳	竹下登らが創政会を発足
二月二七日		脳梗塞で倒れ入院
九月		ロッキード事件控訴審開始
十月		関越自動車道が全線開通

一九八六年（昭和六一年）	七月	六八歳	第三八回総選挙。トップ当選
一九八七年（昭和六二年）	七月四日	六九歳	竹下が経世会を旗揚げし、田中派の大半が参加
	七月二九日		ロッキード事件の控訴審判決で東京高裁は一審判決を支持。即日上告
	一〇月		竹下が田中邸を訪問するも門前払いされる
	一一月		竹下内閣が発足
一九八九年（平成元年）	一〇月		娘婿の直紀が角栄の不出馬を発表
一九九〇年（平成二年）	一月二四日	七二歳	政界引退、越山会も解散
一九九二年（平成四年）	八月	七四歳	中国訪問、眞紀子らが同行
一九九三年（平成五年）	七月	七五歳	第四〇回総選挙。眞紀子が新潟三区から無所属で初当選
	八月		自由民主党が下野。細川連立内閣が発足
	一二月一六日		死去
一九九五年（平成七年）	二月		最高裁が田中の五億円収受（首相の犯罪）を認定

（表中、敬称略）

田中角栄が提案者となって成立した議員立法

法律名	国会回次	公布年月日（昭和）
首都建設法	第7回	25・6・28（法二一九号）
建築士法	同	25・5・24（法二〇二号）
京都国際文化観光都市建設法	第8回	25・10・22（法二五一号）
奈良国際文化観光都市建設	同	25・10・21（法二五〇号）
松江国際文化観光都市建法	第9回	26・3・1（法七号）
松山国際観光温泉文化都市建設法	同	26・4・1（法一一七号）
積雪寒冷単作地帯振興臨時措置法	第10回	26・3・30（法六六号）
競馬法の一部を改正する法律	同	26・4・9（法一四一号）
河川法の一部を改正する法律	同	26・5・19（法一五五号）
建築士法の一部を改正する法律	同	26・6・4（法一九五号）
公営住宅法	同	26・6・4（法一九三号）
官庁営繕法	同	26・6・1（法一八一号）

住宅金融公庫法の一部を改正する法律	同	26・6・9（法二二四号）
十勝沖地震による農林業災害の復旧資金の融通に関する特別措置法	第13回	27・5・7（法一三四号）
耐火建築促進法	同	27・5・31（法一六〇号）
道路法	同	27・6・10（法一八〇号）
道路法施行法	同	27・6・10（法一八一号）
電源開発促進法	同	27・7・31（法二八三号）
宅地建物取引業法	同	27・6・10（法一七六号）
公共土木施設災害復旧事業費国庫負担法の一部を改正する法律	同	27・6・25（法二〇九号）
昭和二十三年六月三十日以前に給与事由の生じた恩給の特別措置に関する法律	同	27・7・23（法二四四号）
道路整備費の財源等に関する臨時措置法	第16回	28・7・23（法七三号）
北海道防寒住宅建設等促進法	第16回	28・7・17（法六四号）
地方鉄道軌道整備法	同	28・8・5（法一六九号）
建築士法の一部を改正する法律	同	28・8・14（法二一〇号）
道路整備特別措置法の一部を改正する法律	第19回	29・5・26（法一二五号）

恩給法の一部を改正する法律の一部を改正する法律	第22回	30・8・8（法一四三号）
原子力基本法	第23回	30・12・19（法一八六号）
積雪寒冷特別地域における道路交通の確保に関する特別措置法	第24回	31・4・14（法七二号）
官庁営繕法の一部を改正する法律	同	31・4・14（法七一号）
国土開発縦貫自動車道建設法	第26回	32・4・16（法六八号）
皇太子明仁親王の結婚の儀の行われる日を休日とする法律	第31回	34・3・17（法一六号）
豪雪地帯対策特別措置法	第40回	37・4・5（法七三号）

（注）「原子力基本法」は自民党、社会党の全議員が提出者となったものであり、「皇太子明仁親王の結婚の儀の行われる日を休日とする法律」は、四六三名の議員が提出者となった特殊な議員立法であった。

※出典　早坂茂三『政治家　田中角栄』（中央公論社、一九八七）

参考文献

田中角栄『私の履歴書』(日本経済新聞社)
田中角栄『自伝　わたくしの少年時代』(講談社)
田中角栄『大臣日記』(新潟日報事業社)
田中角栄『日本列島改造論』(日刊工業新聞社)
佐藤昭子『決定版　私の田中角栄日記』(新潮文庫)
佐藤あつ子『昭——田中角栄と生きた女』(講談社文庫)
立花隆『田中角栄研究　全記録』上・下(講談社文庫)
立花隆『「田中真紀子」研究』(文藝春秋)
立花隆『ロッキード裁判とその時代』1〜4(朝日文庫)
田原総一朗『戦後最大の宰相　田中角栄』上・下(講談社＋α文庫)
辻和子『熱情——田中角栄をとりこにした芸者』(講談社)
田中京『絆——父・田中角栄の熱い手』(扶桑社)
中澤雄大『角栄のお庭番　朝賀昭』(講談社)
水木楊『田中角栄　その巨善と巨悪』(文春文庫)
児玉隆也『淋しき越山会の女王　他六編』(岩波現代文庫)
岩見隆夫『田中角栄——政治の天才』(学陽書房人物文庫)
大下英治『田中角栄VS福田赳夫　昭和政権暗闘史 四巻』(静山社文庫)
大下英治『父と娘　角栄・眞紀子の三十年戦争』上・下(講談社)
大下英治『宰相・田中角栄と歩んだ女』(講談社)
上杉隆『田中眞紀子の恩讐』(小学館文庫)
早坂茂三『田中角栄回想録』(集英社文庫)
早坂茂三『オヤジとわたし』(集英社文庫)
早坂茂三『政治家　田中角栄』(中央公論社)
谷村幸彦『総理のおふくろ』(読売新聞社)
片岡憲男『田中角栄邸　書生日記』(日経ＢＰ企画)
木村喜助『田中角栄の真実　弁護人から見たロッキード事件』(弘文堂)
木村喜助『田中角栄　消された真実』(弘文堂)
朝日新聞政治部『田中支配』(朝日新聞社)
情報研究所編『田中角栄　データ集』(データハウス)
新潟日報社編『ザ・越山会』(新潟日報事業社とき選書)
その他の各種雑誌・新聞記事

〈著者紹介〉
石原慎太郎　1932年神戸市生まれ。一橋大学卒業。55年、大学在学中に執筆した「太陽の季節」により第1回文學界新人賞、翌年芥川賞を受賞。『亀裂』『完全な遊戯』『化石の森』（芸術選奨文部大臣賞受賞）、『光より速きわれら』『刃鋼』『生還』（平林たい子文学賞受賞）、ミリオンセラーとなった『弟』、また『法華経を生きる』『聖餐』『老いてこそ人生』『子供あっての親―息子たちと私―』『オンリー・イエスタディ』『私の好きな日本人』『エゴの力』『東京革命』など著書多数。

本書は書き下ろしです。
この作品は現実の人物・事件・団体等を素材にしておりますが、
すべては筆者によるフィクションであることをお断りしておきます。

天才
2016年1月20日　第1刷発行
2016年6月15日　第13刷発行

著　者　石原慎太郎
発行者　見城 徹

GENTOSHA

発行所　株式会社 幻冬舎
〒151-0051 東京都渋谷区千駄ヶ谷4-9-7

電話:03(5411)6211(編集)
03(5411)6222(営業)
振替:00120-8-767643
印刷・製本所:中央精版印刷株式会社

検印廃止

ISBN978-4-344-02877-7 C0093
幻冬舎ホームページアドレス　http://www.gentosha.co.jp/

この本に関するご意見・ご感想をメールでお寄せいただく場合は、
comment@gentosha.co.jpまで。